아
리
랑

아리랑

조선인 혁명가 김산의 불꽃 같은 삶

초판 1쇄 펴낸날 2020년 8월 15일
초판 2쇄 펴낸날 2022년 10월 25일

만화 박건웅
원작 님 웨일즈, 김산
펴낸이 이건복
펴낸곳 도서출판 동녘

책임편집 구형민
편집 정경윤 김다정 김혜윤 홍주은
마케팅 임세현
관리 서숙희 이주원

등록 제311-1980-01호 1980년 3월 25일
주소 (10881) 경기도 파주시 회동길 77-26
전화 영업 031-955-3000 편집 031-955-3005 전송 031-955-3009
블로그 www.dongnyok.com 전자우편 editor@dongnyok.com
페이스북·인스타그램 @dongnyokpub
인쇄 새한문화사 라미네이팅 북웨어 종이 한서지업사

ISBN 978-89-7297-960-9 (03810)

• 잘못 만들어진 책은 바꿔드립니다.
• 책값은 뒤표지에 쓰여 있습니다.
• 이 도서의 국립중앙도서관 출판시도서목록(CIP)은 e-CIP홈페이지(http://www.nl.go.kr/ecip)와
  국가자료공동목록시스템(http://www.nl.go.kr/kolisnet)에서 이용하실 수 있습니다.
  (CIP제어번호: CIP2020024925)
• 이 책은 원 저작권자인 Helen Foster Snow Literary Trust & George Oakley Totten III의 동의를 얻어 출간했습니다.
• 이 책은 2019년 성남문화재단의 독립운동가 웹툰프로젝트사업으로 원고 제작 일부의 지원을 받았습니다.

조선인 혁명가 김산의
불꽃 같은 삶

아리랑

님 웨일즈·김산 원작
박건웅 만화

동녘

원작을 뛰어넘는
아름다움

김삼웅
(전 독립기념관장)

나는 독립운동사 연구의 변방에서 독립운동과 관련한 전기·자서전·기록물·논문 등을 헤아릴 수 없을 만큼 읽었고, 또 소장하고 있다. 그러나 그중에서 님 웨일즈의 《아리랑》만큼이나 감동적이고 충격적인 작품은 별로 없었다. 시국의 탓도 컸을 터이다. 내가 이 책을 처음 접할 때는 5공 전두환의 광기가 대한민국을 반이성 국가로 덧칠하고 있을 적이다. 나중에 리영희 선생과 여럿이서 만났을 때 대화 중에 얻은 정보로 님 웨일즈의 《아리랑》을 알게 되었다. 그때만 해도 드러내놓고 이 책을 읽기 쉽지 않은, 이른바 '공안 계절'이었다.

이후 인연이 쌓여갔다. 《아리랑》의 주인공 김산의 고향이 함석헌 선생과 같은 평북 용천인 것을 알았고, 그가 중국으로 망명하여 뜻을 세운 곳이 우당 이회영 선생 일족이 세운 신흥무관학교이고, 그가 조선의열단장 약산 김원봉과 함께했고, 공산주의 이데올로기를 처음으로 학습한 분이 운암 김성숙이었다.

나는 이분들의 평전을 쓰면서 《아리랑》의 내용을 인용했고, 그가 한동안 머물렀던 옌안을 두 차례나 방문한 바 있다. 김산과 '옌안송'의 작가 정율성의 흔적이라도 찾아볼까 해서였다. 님 웨일즈의 남편 에드가 스노우가 집필한 《중국의 붉은 별》의 주인공 마오쩌둥이 옌안에서 《모순론》과 《실천론》을 썼던 토굴은 잘 보존되어 있었으나, 님 웨일즈가 《아리랑》의 주인공 김산을 스물두 차례나 만났던 곳은 어느 지점이었는지 가늠하기 어려웠다. 혁명가에도 주인과 객의 차이가 이토록 넓고 깊구나, 개탄할 뿐이었다.

님 웨일즈가 김산을 주인공으로 삼아 쓴 《아리랑》에는 의열단과 조선의용대의 모습이 리얼하게 그려진다. 김원봉과 의열단·조선의용대 등의 1930년대 중국 관내에서의 활동상은 《아리랑》에서 많이 보충되고 있다. 의열단에 관한 아래의 내용처럼 말이다.

그들의 생활은 밝음과 어두움이 기묘하게 혼합된 것이다. 언제나 죽음을 눈앞에 두고 있었으므로 살아 있는 동안이라도 마음껏 즐기려 했던 것이다. 그들은 놀라울 정도로 멋진 친구들이었다. 사진 찍기를 좋아했으며, 언제나 이번이 죽기 전에 마지막으로 찍는 것이라 생각했다.

옌안에 처음 갔을 때는 우연찮게도 한국이 낳은 중국 3대 혁명 음악가 정율성의 '옌안송'이 우렁차게 피곤한 길손을 맞아주었다. 1938년 루쉰예술학원 문화부 여학생 모예(莫耶·막야)가 짓고, 정율성이 작곡한 것이 '옌안송'이다. 님 웨일즈는 한 해 전인 1937년 옌안을 떠났으므로 이 노래를 듣지 못했을 것이다. 하지만 '옌안송'이 14억 중국인의 애창곡이 되고, 그때 옌안 세력이 중국혁명의 주역으로 등장한 뒤 옌안은 중국혁명의 성지로 바뀌었다. 2021년은 마오쩌둥 등이 1921년 7월 상하이에서 중국공산당을 창당한 지 100주년에 이르는 해이다. 중국정부 최대의 경축일이 될 것이다. 이를 계기로 중국혁명의 변곡점이 된 광둥코뮌에 참여했던 김산·김성숙·오성륜 등 한국인 혁명가들을 중국정부가 서훈을 해야 한다고 생각한다.

나는 《아리랑》을 쓴 님 웨일즈를 좋아한다. 조선의 젊은 독립운동가의 삶을 "전혀 가공되지 않은 순수한 인간 드라마"로 엮어낸 필력, 동방의 이름 없는 혁명가들에게 보인 하염없는 존경심과 국경을 초월한 휴머니즘에 경의를 표한다. 아울러 《아리랑》의 주인공 김산이 식민지 시대에 무국적자가 되어 중국 천지를 떠돌면서 결코 절망하지 않고 조국 해방과 인간 해방을 목표로 치열하게 살아온 삶에 경건한 마음으로 옷깃을 여민다. 조선의용대가 일본군에 포위되고 몇 해 동안 혈전을 벌이다 사망한 타이행산(太行山)의 윤세주·진광화 열사의 묘소에 고국에서 가져간 소주잔을 올렸듯이, 언젠가 김산 열사의 묘소가 알려지는 날이 오면 그렇게 하고 싶은 마음 간절하다.

님 웨일즈와 김산은 왜적의 식민지가 된 조선을 무척 사랑했다. 두 사람이 갖는 질량과 농도가 같을 수는 없겠지만, 시대정신에는 별로 차이가 없었을 것 같다. 그 이유의 하나는 책 제목이 '아리랑'이란 점 때문이다.

조선에는 민요가 하나 있다. 그것은 고통받는 민중들의 뜨거운 가슴에서 우러나온 아름다운 옛 노래. 심금을 울리는 아름다운 선율에는 슬픔이 담겨 있듯이, 이것도 슬픈 노래다. 조선이 그렇게 오랫동안 비극적이었듯이 이 노래도 비극적이다. 아름답고 비극적이기 때문에 이 노래는 300년 동안이나 모든 조선 사람들에게 애창되어 왔다.

이 땅의 민초들의 삶이 얼마나 '아리고 쓰렸'으면 아리랑의 노래가 슬플 때나 기쁠 때이면, 국내나 해외 동포를 가리지 않고 불렀을까. 김산과 님 웨일즈가 도달했던 조선에 대한 사랑의 꼭짓점이 바로 이 노래였을 것 같다.

알려진 바 대로 《아리랑》의 주인공 김산은 김성숙의 지도로 아나키스트에서 마르크스주의자가 되고 중국혁명에 뛰어들어 1927년 광동코뮌을 시작으로 한인 혁명가들과 항일투쟁에 나섰고, 이로 인해

수차례 투옥되었다. 김산은 단순한 마르크스주의자가 아닌 진보적 민족주의자이고 진리를 탐구하는 사상적 순례자였다. 한국 사회에는 여전히 그가 마르크스주의자란 이유로 배척하고 좌경시하는 단세포적인 식자들이 적지 않다. 그들은 일본군 장교 출신들에게는 '시대의 아픔'이라며 너그러움을 보이면서, 사회주의 계열 독립운동가들에는 좌경이란 '적대 의식'을 내보인다. 얼마의 세월이 더 지나야 저들의 의식 구조가 바뀌게 될까. 이 책이 그런 치유제가 되었으면 한다.

일제강점기 최고의 선행은 독립운동이고 최대의 악행은 친일 행위였다. 독립이 되고 70여 년이 지난 오늘에도 민족사의 도덕률과 그 가치관이 바르게 정립되지 못한 것은 비극이다. 우리는 지금 중진국을 뛰어넘어 선진국의 대열에 들어섰다. 김원봉·김산 등 이런 분들의 독립운동의 공적이 제대로 평가받는 날이 왔으면 한다.

알려진 대로 님 웨일즈는 작가이자 언론인이며 시인으로 두 차례나 노벨평화상 후보에 올랐던 활동가이다. 《아리랑》의 내용은 넓고 깊으면서도 아름다운 문장으로 쓰여 소설처럼 술술 읽힌다. 이것을 만화로 재현하기란 그만큼 쉽지 않은 작업이었을 것이다. 그럼에도 박건웅 작가는 특출한 재능으로 주인공과 조연들을 개성 있게 조형하고, 긴 스토리와 복합적인 대화를 압축하는 능력을 보여준다. 더러는 원작을 뛰어넘는 문장도 있다.

두껍고 무거워 보일 수 있는 이 책이 조금 더 편하게 읽힐 수 있었으면 좋겠다는 생각을 항상 해왔는데 《아리랑》 만화판의 출간으로 그 염원이 이루어진 것 같아 참으로 다행스럽다. 하나 더 바람이 있다면 좋은 감독을 만나 영화로 제작되는 날을 기대해본다.

참고로 김산(장지락) 선생은 님 웨일즈와 인터뷰를 하고 1년 후에 엉뚱하게 중국공산당에 의해 '일제 스파이'라는 누명을 쓰고 처형되었다. 그러나 1983년 중국공산당은 뒤늦게 김산의 억울한 죽음을 인정하고 명예와 당원 자격을 회복시키는 복권을 결의했다. 중국 정부는 김산의 진정한 명예 회복을 위해 열사 칭호와 함께 서훈을 해야 한다. 이 책의 출간이 그 계기가 되었으면 한다.

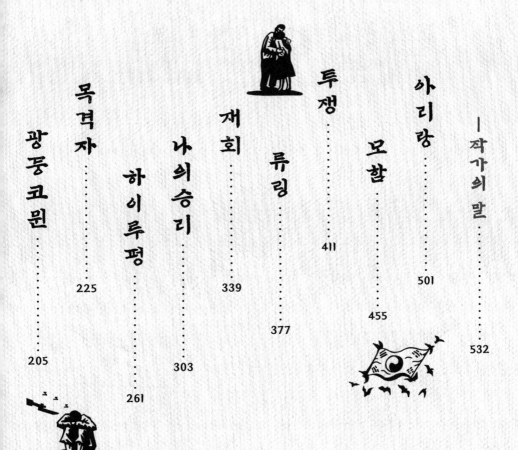

1920~30년대 김산의 활동무대

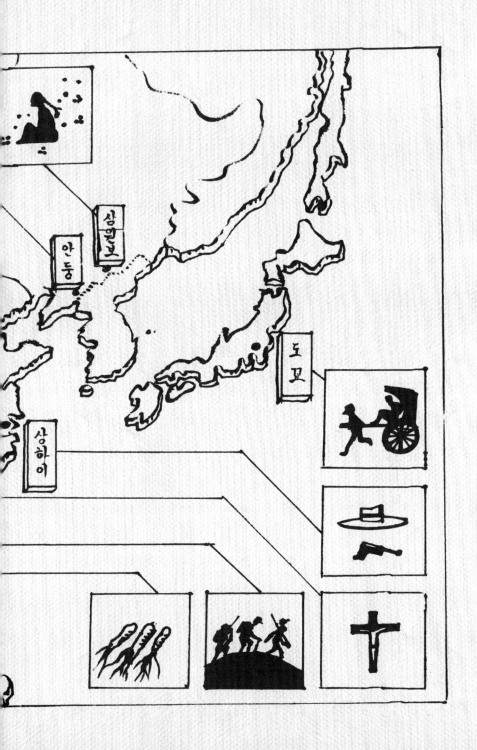

글쓰기와 취재 활동을 하던 내가 그를
만난 곳은 옌안에서였다.

어느 날 나는 루쉰도서관에서 영문 책자를
빌려간 사람들의 명단을 훑어보고 있었는데

유독 한 사람의 이름이 여름 내내 모든
종류의 책과 잡지를 빌려가고 있었다.

아하~ 이 사람은
영어를 할 수 있겠구나!

저기… 이렇게 많은 책을 빌려가고
있는 사람은 누구인가요?

아하~! 그래요…

나는 사정을 눈치채고 이번 여름에는 조선에 대해 아무것도 알아볼 수 없을 것으로 생각했다.

조선…

그러고 나서 일주일이 지난 후였다.

저기 동지! 낯선 사람이 밖에 와 있습니다.

응? 들어오시라고 해요.

들어오십시오!

그는 접근하기가 매우 어려운 사람이었으며 대답하기 곤란한 신상 문제에 대한 질문을 꺼려하는 눈치가 역력했다.

저는 작년 여름의 대부분을 조선과 만주에서 보냈답니다.

금강산도 구경하고 싶었고 조선을 알고 싶기도 해서 조선에 갔던 거지요.

금강산에 올라갔다가 최고봉 정상에서 몇 년 만에 지독한 태풍을 만나기도 했어요.

거의 모든 다리와 길이 파괴되어 있었고 곳곳에서 급류를 건넜는데 조선인 안내자가 우리를 무사히 산 아래까지 데려다주었답니다.

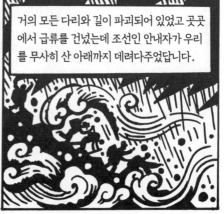

맞습니다. 당시 조선에서는
큰 물난리가 있었습니다.

저는 그 후 서울의 어느 다리 위에서
그 광경을 다시 목격할 수 있었는데 소,
돼지, 닭 집들이 흙탕물 속에서 마구
떠내려가고 있더군요.

그렇지만 조선의 시냇물이 평상시에는
얼마나 맑고 깨끗한지 아십니까?

중국에서는 맑은 강물이나 시냇물을
한 번도 본 적이 없습니다.
우리 조선 사람들은 강에서 투신할 수
있다는 것을 다행으로 여긴답니다.

중국의 강들은…
그러기엔 너무 더럽지요.

당신네 조선인들도 일본 사람 만큼이나
자살을 좋아하는 모양이지요.

자살은 식민지 민중이 선택할 수 있는 불과 몇 안 되는 존엄한 인간의 권리입니다.

그러나 우리에게는 자살마저도 선택할 자유가 없습니다.

당신이 말한 서울의 그 다리 위에는 벌써 오래전에 일본놈들이 푯말을 세워두었지요. 거기에는 "5분만 기다리시오"라고 씌어 있습니다.

굶주린 아기 엄마들이 종종 자기 자식을 강물에 집어던지고는 자신도 뛰어듭니다.

그래서 전담 경찰을 파견해 혼자 그곳에 와서 심각한 얼굴로 강물을 내려다보는 사람을 감시합니다.

이것이 우리 조선 사람들에게 베푸는 훌륭한 친절이라고 그놈들은 생각합니다.

안동 부근에 있는 압록강 또한 자살하기에는 딱 좋은 곳이지요.

자살하지 않으려면 강을 건너서 망명하는 길 외에는 달리 방법이 없습니다.

저는 자신의 권리를 위해 싸우기보다는 자살을 택하려는 민족에게 호감을 가질 수 없네요. 조선 사람들은 지나칠 정도로 유순하고 체념적입니다.

그네들은 경치만큼이나 목가적으로 보이더군요.

잘못 보셨군요. 1910년 이래 조선 사람이 왜놈들과 싸우지 않은 날은 단 하루도 없었습니다.

이것은 기나긴 이야기입니다. 아직은 한반도 내에서 식민지 체제를 때려 부수지는 못하고 있지만 만주에서부터 무장투쟁이 일어나고 있어요.

수천 명의 투사들이 투옥되었거나 처형당했습니다. 감옥은 언제나 만원입니다.

하지만 조선 사람은 결코 체념하거나 순종하지 않습니다.

가장 친한 친구가 지금 만주에서 제1전선군의 일 개 사단을 지휘하고 있는데

얼마 전 그 친구가 자기와 함께 싸우자는 편지를 몇 차례나 보내왔어요. 이 사단은 7000명의 조선인으로 이루어져 있지요.

당신이 느낀 대로 조선 사람들은 천성적으로 유순합니다. 그러나 지독히 오랫동안 신음해왔던 참을성 많은 사람이 터뜨리는 분노보다 더 큰 분노는 없습니다.

그야말로 유순한 물을 주의하세요 라고 해야 할 겁니다.

그런 것 같군요 우리 속담에도 "참을성 있는 사람의 분노를 조심하라"라는 말이 있어요.

하지만 지금 조선에서는 아무 일도 일어나고 있지 않잖아요.

지금 당장 어떤 일이 일어나는 것은 아닙니다. 역사는 예정된 때를 기다리고 있습니다.

그때가 오면 거세게 일어날 겁니다. 저는 그때가 멀지 않았다고 생각합니다.

그 이름대로 금수강산이다. 수려한 산수… 조선은 산과 푸른 정기가 넘치는 선이 날카로우면서도 아름다운

가장 아름다운 나라이다. 여러모로 조선은 극동에서

일본은 화려하기는 하지만 그림 엽서류의 디자인처럼 약간은 인공적이다.

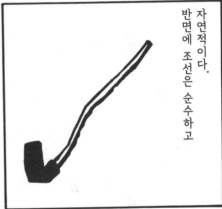

자연적이다. 반면에 조선은 순수하고

게다짝 소리, 토막토막 끊어지는 발음, 오가는 교통수단의 소음, 미닫이창이나 문을 끊임없이 여닫는 소리라면…

부드럽게 움직인다. 조선은 조용하고

끊임없이 고개를 위아래로 끄덕거리거나
연신 허리를 굽실거리며 손님을 맞이하지도
않는다. 인간관계에 스스럼없고 태평하다.

조선인들은 키가 크고 선이 굵으며 강인하고
힘이 세며 항상 균형이 잘 잡혀 뛰어난
운동선수들을 많이 배출하고 있다.

조선에서 작달막한 일본인 간부가 긴 칼을
차고 거들먹거리며 여러 명의 조선인들에게
거만하게 명령하는 것을 지켜보면 잘
이해가 가지 않았다.

빠가야로!

선교사님! 어떻게 저럴 수가
있습니까? 조선인들은 바보인가요?

조선 젊은이가 올림픽에서 금메달을
땄다는 소식을 들었다.

일본에서는 일본인의 승리라고 하여
그 공적이 크게 보도되었다.

* **루거우차오 사건**: 蘆溝橋事件·노구교사건. 1937년 7월 7일 루거우차오에서 발생한 발포 사건으로 중·일전쟁의 발단이 됨.

전쟁은 피할 수 없습니다. 저는 전쟁이 이미 시작되었다고 생각합니다.

설령 이번 사건으로 전쟁이 일어나지 않는다고 할지라도 그다음 사건 아니면 또 그다음 사건으로 일어나고야 말 것입니다.

일본에는 경제 제국주의 프로그램을 서서히 수행할 만한 잉여 자본이 없습니다.

그렇기 때문에 약탈 전술과 철저한 군사력, 정치적 점령을 수행하기 위해서는 군대에 의존하지 않으면 안 됩니다.

장명! 당신은 곧 만주로 떠나게 될 것 같군요.

장명은 내 이름이 아니오. 여러 가명 중 하나일 뿐입니다.

당신은 참 재미있는
사람이에요. 안 그래요?

저는 다른 사람에 비해 특별히
단순하지도 않지만 그렇다고 해서 그다지
복잡하지도 않습니다.

당신에 대한 책을
써보고 싶어요.

내 활동을 공식적으로 공개하는
것은 위험하기 짝이 없습니다.
저는 이미 중국에서 감옥살이도
했고 일본에서는 두 번이나
투옥되었어요.

이 다음번에는 사태가 아주
심각할 것입니다.

Ms 님 웨일즈 씨...

장명!

당신과 함께 책을 써야겠다고 결심했습니다. 하하하.

저는 당신에게 모든 걸 다 말씀드리기로 작정했습니다. 이것으로 내가 고통을 받을지도 모르지만 그렇다고 해도 그럴 만한 가치가 있을 겁니다.

어쨌든 조선 사람치고 죽을 장소를 미리 정해놓는 사람은 아무도 없으니까요.

그러나 당신이 2년 동안만 출판을 미루어주시면 더욱 감사하겠습니다.

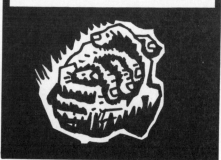

그럼 저는 안전하게 만주로 가서 그곳의 조선인 무장 투사들과 합류할 수 있을 겁니다.

그런데… 제 말을 알아들으시겠습니까?

당신 영어는 훌륭해요. 더구나 당신이 이제까지 장시간 회화를 해본 적이 없었다는 말을 듣고는 깜짝 놀랐습니다.

몇 가지 이유로 조선 사람은 누구나 외국어를 쉽게 배웁니다.

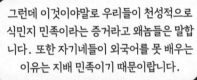

그런데 이것이야말로 우리들이 천성적으로 식민지 민족이라는 증거라고 왜놈들은 말합니다. 또한 자기네들이 외국어를 못 배우는 이유는 지배 민족이기 때문이랍니다.

허허-

우선 당신의 젊은 시절에 대해 말해주세요.

내… 젊은 시절이오?

어린시절

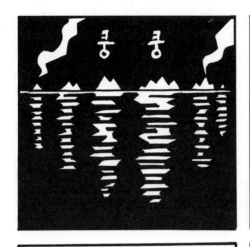

나는 한창 싸움이 벌어지고 있던
어느 산속에서 태어났다.

끊임없이 전쟁이 계속되는 동안에
마을 사람들은 모두 산속으로 피난
갔던 것이다.

어머니도 선조들의 무덤이 있는
곳까지 도망쳐 갔다.

나는 1905년 3월 10일에 태어났는데
러일전쟁은 그해 8월까지 계속되었다.

내 고향은 평양 교외에 있는 차산리라는
작은 마을이었는데 일본군에게 점령되었다.

러시아군 진지는 더 북쪽에 있었다.
내가 태어난 그 산은 바다 근처에 있었다.

마을 사람들은 전쟁 초기에는 러시아가
이기기를 바랐지만 전쟁이 계속되는 동안에
일본 쪽으로 마음이 기울어지게 되었다 .

포구에 러시아
군함이 보이더라!

이를 어째!

러시아 군인들이 마을 사람들을 윽박지르고
처녀들을 폭행했으며 소를 빼앗아 가서
마을 사람들을 격노하게 했기 때문이다.

반면 일본군은 현명하게도 주민과의 대립을
피했고 물자를 조달할 때도 언제나
대가를 지불했다.

우리 가족은 그리 행복하지 못했다.

우리 집은 자작농이었지만 아주 가난했고
언제나 빚더미에 짓눌려 있었다.

내 어린 시절에서 가장 즐거웠던 기억은 두꺼운 초가지붕을 통해 무시무시한 겨울 바람이 쌩쌩 몰아치는 소리를 들으면서…

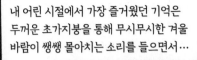

따끈따끈한 아랫목에 누워 있었던 기억이다.

그러나 언제나 따뜻했던 것은 아니었다. 불을 때는 데 돈이 많이 들기 때문에 음식을 만들고 있을 때만 방바닥이 따뜻했다.

엄니 추워요!

땔감이 없단다…

그때만 하더라도 장작보다는 석탄이 훨씬 쌌다. 남아 있던 산림은 곧바로 일본군에게 약탈당했던 것이다.

당시는 폭풍 같은 시기였다.

어느 곳에 가든지 사람들이 울부짖는 모습을 볼 수 있었다.

어른들은 여럿이 모여서
열을 올리고 있었고…

여인네들은 마른풀을 한 무더기씩
아궁이에 집어넣어 불길을 살리면서
연기 나는 아궁이 한쪽 옆에 서서 끊임없이
눈시울을 훔치고 있었다.

흑 흑-

뒷동산에 올라가면 마치 검도나 권투를
하고 있는 것 같은 싸움 소리가 들려왔다.

얍!

악!

얍!

엄마 엄마!
이게 무슨 소리예요!

왜놈은 어린 시절의 도깨비였다.

그것은 1910년 8월22일 조선이 일본에
합병되기 한두 달쯤 전의 일이다.

어른들 간의 단발 문제로 논란이
있었던 기억이 난다.

그 문제가 세상에서 가장 중요한
것인 듯이 보였다.

상투를 잘라버린 사람들은 다른 사람들에게
배척받는 존재였다.

단발을 했다는 것은 그들이 독립협회
회원이라는 것을 의미했다.

그들은 신식학교를 세우고 이제 막 일어나고
있는 일의 의미를 사람들에게 가르치려고
했으나,

마을 사람들은 고함을 지르고 떠들어대면서
떼를 지어 이 학교로 몰려갔다.

그토록 무서워하던 왜놈을 처음 본 것은 일곱 살 때였던 걸로 기억한다.

순사 두 명이 우리 집에 와서는 어머니 얼굴에 마구 주먹질을 해댔다.

고노야로!

퍼

퍽

조센징~ 퉷!

으아아~

안 된다~ 안 돼!

제발 제발! 절대로 달려들어서는 안 된다. 말썽을 일으키지 마라!

저들이 왜 엄마를 때리는 거예요?

왜놈들이 억지로 예방주사를 놓으려고 하는데 내가 빨리 가서 주사를 맞지 않았기 때문에 왜놈들이 기분이 상한 거란다.

하지만 너는 절대로 그놈들의 신경을 건드려서는 안 된다.

달려들면 말썽이 일어날 것이다.
이것은 이 문제에 대해 으레 듣는 말이었다.

무엇인가 그럴듯한 이유가 있을 것이라는
생각이 들기도 했지만… 그것이 무엇인지는
알 수가 없었다.

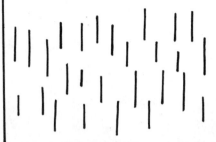

우리 조선 사람들은 이렇게 많이 있고
왜놈들은 저렇게 조금밖에 안 되는데

왜놈들을 몽땅 바닷속에 쓸어 넣어버리는
것쯤 얼마나 손쉬운 일인가?

바로 그 주일에 나는 또한 친일파란
매국노도 있다는 것을 알게 되었다.

우리 마을에 일본말을 조금 할 줄 아는 노인이
다른 집안에 원한을 품게 되었다.

사요나라~!

그 집안의 늙으신 춘부장께서 예방접종을 반대하여 접종 거부 의사를 밝혔다.

주사를 왜 맞어? 내가…

그러자 이 노인이 그 사실을 왜놈에게 일러바쳐 왜놈이 그 춘부장을 쌀 찧는 나무 절구공이에 묶어놓고 마구 때렸다.

악! 어이쿠!

고노야로!(이 자식!)

그 일이 있은 후에 이웃 사람들은 노인을 피했고 그 사람 앞에서는 왜놈 욕을 해서는 안 된다고 일러주었다.

우리 식구 열한 명은 한 지붕 밑에서 살았다.

나는 셋째 아들이었다.

아버지는 옛날식 유교론자였고

이놈! 애비보다 먼저 수저를 들다니!

어머니와 큰형수는 독실한 기독교인이었으며 어떤 일이 있더라도 교회를 빠지는 법이 없었다.

나는 소학교에서 세 나라말을 배웠는데 일주일에 일본어를 일곱 시간, 조선어를 다섯 시간, 한자를 세 시간씩 배우도록 정해져 있었다.

일본 아이들은 일본인 학교가 따로 있어 이런 학교에 다니지 않았다.

조선인들은 모두 교육에 대한 대단한 열의를 가지고 있었으며

가족 중 한 사람이 읽기를 배우면 모든 식구들에게 가르쳐준다.

쌀이 없어요.

싸리 없어요…

교회에서는 일요 학교를 개설하고 있었는데 우리들 귀에 가끔씩 만주 국경에서 일어나는 흥미로운 사건에 관한 소식이 들려왔다.

쉿! 잘들어!

이틀 전에 10인조가 들어와서 왜놈을 여섯 놈이나 죽였대.

우리 편은 한 명밖에 안 죽었어. 나머지는 국경을 넘어 멀리 사라져버렸대.

이건 비밀인데... 아무에게도 얘기하지 마.

우리 형도 지난주에 집에 와서 우리와 함께 지냈어. 다른 투사 다섯 명과 함께 돌아와서 평양 근처에서 왜놈 보초들에게 총을 쏘았지.

그러고 나서 하루종일 논 속에 숨어 있었기 때문에 왜놈들에게 붙들리지 않았다구.

영웅에 대한 존경심으로 우리들의 마음은 불타올랐다.

와!
아

나는 이다음에 어른이 되면 독립군에 가담해서 침략자 왜놈들을 기습 공격하기 위해 공격대를 이끌고 압록강을 넘어올 거야.

그때는 우리 젊은이들이 수백만 명이 될 거야. 그러면 왜놈들은 병아리처럼 모조리 달아나겠지.

그리하여 우리들은 소년 시절 영웅이었던 이동휘 장군 이야기를 되풀이했다.

장군님께서 만주에서 독립군을 양성하고 있다고!

우와!

나는 운동 시합을 좋아했고 씨름 시합에는 늘 참가했다.

으랏차~!

나는 언제나 성격이 격렬했고 자존심이 강했으며 고집이 셌다.

툭 툭

우리 아부지가 누군지 알아? 헌병 보조원이야 조심해!

열한 살 되던 해 학교에서 나와, 사이가 좋지 않던 아이와 싸워서 그 애의 코를 짓뭉개버렸다.

그 일로 아버지께서 노하셨다.
나는 아버지에게 대들었는데

이 버르장머리 없는 놈!

다시는 집에 돌아오지 않겠다고
집을 뛰쳐나갔다.

그 당시 둘째 형이 근처 시내에서 조그마한
구두 가게를 하고 있었는데 나는
둘째 형을 찾아갔다.

형!

지락아!

뭐하러 도망쳤니? 내년이면
학교를 마칠 수 있을 텐데.

나는 형네 집으로 들어가서 형의
구두 가게에서 일을 해 돈을 버는 한편
중학 시험공부를 했다.

형과 형수 모두 나를 아주 친절히 대해주었다.

도련님. 많이 드세요.

삼촌!

감사합니다. 형수님!

형은 착한 사람이었으며 내가 곤경에 처할 때마다 종종 도와주었다.

이 돈으로 필요한 거 사라!

가족들은 나의 반항적인 성향을 조장한다고 욕을 했지만 형은 나를 측은하게 생각했다.

왜냐하면 형도 열아홉 살에 집을 뛰쳐 나왔기 때문이다.

이 시내에서는 형의 가게가 최초로 재봉틀을 사용해서 신식 구두를 만든 곳이었기 때문에 사업이 번창했다.

15년 후에 형이 병으로 죽었을 때 가게의 자본금이 3만 원이나 되었다.

가부장적인 가족제도에서 특권적인 지위에 있는 대부분의 장남과 마찬가지로

큰형은 방만하고 이기적이며
냉혹한 사람이었다.

큰형은 소실을 얻자 본부인과 자식 넷을
내동댕이치고는 딴살림을 차렸다.

아부지 어딨어?

작은형은 세상을 떠나기 전에 두 자식을
위해 1만 원을 은행에 예금해두었으며

작은형수에게는 총 2만 원을 유산으로
남겼다.

이 사실을 안 큰형이 장자상속권이라는
중세적 권리를 주장하며
이 돈을 갈취하려 했다.

재판장님

원래 장손이
물려받는 겁니다!

결국 법을 전혀 몰랐던 작은형수는
유산을 빼앗기고

인정한다!

탕 탕 탕

어머니와 작은형수는 내게 편지를 보내서 잠시만 돌아와 도와줄 것을 청했지만

그 당시 나는 광둥에서 혁명운동을 하느라 한창 바쁜 때였다.

나에게는 가족을 도와줄 만한 여유가 없었다.

혁명

형의 구두 가게에서 일하면서 몇 달 동안 공부를 해 중학교 입학시험에 합격할 수 있었다.

형님 다녀 오겠습니다!

그래 공부 열심히 해야 한다.

나는 학생이 약 300명쯤 되는 기독교계 학교에 들어갔다.

지리와 역사를 가르치는 선생님이 우연히도 우리 마을 사람이어서 나를 아껴주셨다.

오, 지락이는 나와 같은 동네구나. 허허.

헤헤.

그 선생님은 나에게 문학도 가르쳐 주셨고 또한 가끔 중국에 대한 이야기도 들려주었다.

지락아 너나 나나 모두 독실한 기독교 신자다.

기독교야말로 오늘날 조선을 진정으로 통일시킬 수 있고 위대한 교육의 추진력이 되고 있다는 것을 절대로 잊어서는 안 된다.

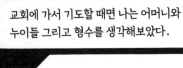
교회에 가서 기도할 때면 나는 어머니와
누이들 그리고 형수를 생각해보았다.

그곳에서는 언제나 용감한 말들이 쏟아져
나오지만 신앙에 대한 보답이라고는…

세상에 복음을 전하고
사탄의 무리들을
무찌르고…

오로지 슬픔뿐이었다.

선생님 우리가 기독교를 믿기만 하면
조선 독립이 이루어질까요?

허허허―

단지 기독교를 믿기만 하고 아무런
행동도 하지 않는다면 의미가 없단다.

조선에서는 기독교가 부활의 표상이지.
단순한 정신적인 종교기관이 아니다.

너도 알겠지만 기독교는 조선 독립의 모태가 될 것이다.

종교의 이름으로 커다란 역사적 사건이 있어왔고 정말로 일어날 것이다.

삐익ㅡ

컹컹컹

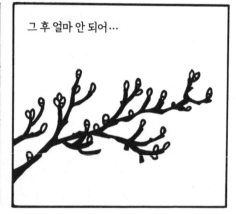

그 후 얼마 안 되어...

역사적인 사건이 정말로 일어났다.

와아~!

?

여러분!

오늘은 우리 조선의 독립을 선언하는 날이다. 조선 전역에 걸쳐서 평화적인 시위가 있을 것이다.

아!

아!

우리의 집회가 질서 정연하고 평화적으로 이루어지기만 하면 우리는 윌슨 대통령과 파리평화회의*에 참석한 열강들의 지원을 받을 것이오!

자유로운 나라가 될 것이다!

와아아 만세!

조선독립만세!

그들은 국민 전체의 목소리에 귀를 기울이지 않을 수 없다.

윌슨 대통령은 파리평화회의에서 민족 자결주의**의 원칙을 위해 싸우고 있고 모든 나라와 모든 인민들을 위해 민주 주의를 지키려고 분투하고 있다.

* **파리평화회의**: 제1차 세계대전 종전 후 1919년 1월부터 약 1년간 평화 체제를 논의한 회담.
** **민족자결주의**: 미국 대통령이었던 우드로 윌슨이 제창한 것으로, 한 민족이 그들 국가의 독립 문제를 스스로 결정짓게 하자는 원칙을 말한다.

일본이 조선을 노예화하는 것을 미국은 용납하지 않을 것이다. 우리는 단지 독립과 민주주의만을 요구하고 있을 뿐이다.

이것은 어느 민족이나 천부적으로 가지고 있는 권리다. 우리는 무기를 든다거나 폭력을 써서 대항하는 것이 아니다. 우리의 정당한 요구는 거부될 수가 없다!

우리는 만세 삼창을 했다!

만세!

만세!

만세!

선생님! 정말로 파리평화회의에서 조선을 도와줄까요?

세계의 모든 신문이 우리의 대규모 대중 시위를 보도할 것이다. 열강들이 베르사유에서 이 이야기를 듣게 되면 조선을 내버려두지 않을 것이다.

새로운 세계가 열리고 있다. 인류를 위하여 얼마나 위대한 일이 일어나고 있는지 여러분은 모를 것이다.

인류가 모두 형제가 될 날도 멀지 않았다.

파리평화회의에 결정을 준수하고 민족 간의 평등에 동의하기만 한다면 우리는 일본과도 손을 잡을 것이다.

자 애들아! 이것을 보아라!

부시럭

이 선전 전단에는 식민지 주권에 관해 식민지 주권의 이해를 관계국의 이해와 동등하게 존중한다고 윌슨 대통령의 열네 개 조항 제5조에 명백하게 적혀 있다.

각국 정부는 피치자의 승인을 얻어야만 정부로써 정당한 권력을 가질 수 있으며, 인민을 재산과 같이 이 나라 주권에서 저 나라 주권으로 양도할 수 있는 권리는 어디에도 없다.

우리는 전 세계의 모든 전제 권력을 타도하여 세계의 평화를 지켜야 한다.

조선인의 의지를 하늘 끝에서 땅끝까지 울려 퍼지도록 만들자!

우리 기독교인들이 앞장서야 한다.
자~ 나와 함께 나가자!

밖으로 나가니 수천 명의 다른 학생 시민들이 함께 대오를 이루어 노래를 부르고 구호를 외치면서 거리를 누볐다.

나는 너무나도 기뻐서 가슴이 터질 것만 같았다.

나는 흥분한 나머지 하루종일 밥 먹는 것도 잊어버렸다.

3월1일 그날 끼니를 잊은 조선인이 수백만 명은 될 것이다.

이제 내 살아 생전에 조선의 독립을 볼 수 있겠구나… 흑흑흑.

만세!

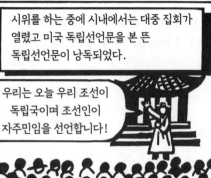

시위를 하는 중에 시내에서는 대중 집회가 열렸고 미국 독립선언문을 본 뜬 독립선언문이 낭독되었다.

우리는 오늘 우리 조선이 독립국이며 조선인이 자주민임을 선언합니다!

나는 새까맣게 깔린 인파를 뚫고 맨 앞줄에 나가 독립선언문 낭독에 귀를 기울였다.

최후의 한 사람까지 자유를 위한 열혈을 땅에 흘릴 것이니…

그 말을 듣고 있자니 피가 끓어올랐다.

이것이 나로서는 처음으로 정치의식에 눈을 뜨게 된 계기였다.

하루종일 거리를 뛰어다녔고 목이 터져라 외쳐댔다.

조선독립만세!

만세!

나는 거리를 뛰어다닌 후에도 교지 편집을 도와주며 열광적으로 쓰고 또 썼다.

내가 거대한 세계 운동에 중요한 부분이며 천년왕국이 도래했다는 것을 믿어 의심치 않았다.

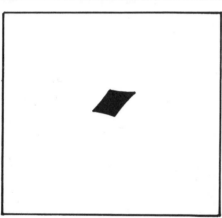

그러나 몇 주일 후에 심장이 찢기는 것만 같았다.

파리평화회의의 결과로 조선은 일본의 식민지로 계속 남게 되었다는 베르사유의 배반 소식이 들려왔기 때문이다.

뭐… 뭐라고!

한낱 언어 나부랭이를 믿다니 그 당시 우리 조선인들이 얼마나 소박하고 불쌍한 사람들이었던가!

아아아~

이 며칠 동안 나는 여러 가지로 충격을 받았다. 마치 지진 속에서 살아가고 있는 것만 같았다.

나는 힘의 의미와 무저항의 공허함을 깨달았다.

처음에는 기독교적인 순교정신이 아주 영웅적인 것처럼 생각되었는데 결국에는 어리석은 것이라는게 드러났다.

마귀들과 싸울지라 ♬
죄악 벗은 형제여~

기독교 여신도들이 거리에 모여서 찬송가나 민족독립가를 부르고 있을 때 일본군들이 그네들을 향해 발포하는 것을 몇 차례나 목격했다.

탕
아악!
탕

일본군은 대검으로 찌르기도 했다.

많은 부상자들이 병원에서 죽어갔다.

아버지!흑

그런데도 여신도들은 도망치지도 않고
조용히 서서는 하늘을 우러러보며
계속 기도할 뿐이었다.

하늘에 계신 우리 아버지~

이런 광경을 보았을 때는 왜놈들에게
화가 벌컥 치밀어올랐지만…

고노야로!

악

곧이어 그렇게도 수동적으로 죽음을
기다리고 서 있는 기독교인들에 대해
조바심과 짜증이 났다.

나는 복수하고 싶은 마음에 주먹이
근질거렸다.

그러던 중에 나에게 깊은 인상을 준
사건이 하나 있었다.

저기 좀 보시오!

아아~!

기독교인인 어느 조선인 지도자 한 명이
서대문 밖에서 십자가에 매달려 있는 것을
보았다.

목사님!

세상에~!

왜놈들이 그를 십자가에 못 박은 것이다.

많은 여인네들이 찾아와서 십자가 밑에 무릎을 끓고 기도를 할 뿐.

아무것도 하지 않았다.

이튿날 기독교 각파가 일제히 집회를 열고 시위운동의 성공을 기원했다.

그들은 파리평화회의에 참석한 윌슨 대통령을 위해 기도했다.

그리고 일본이 조선의 요구에 귀를
기울여 유혈 사태가 일어나지 않기를
기원했다.

그리고 찬송가와 그 밖에 노래들을
부르면서 행진했다.

담대하게 싸울지라 ♬
저기 악한 적병과~

내 생각에는 대략 30만 명쯤 되는 조선
기독교인들이 모조리 참여했던 것 같다.

그 당시 3·1운동의 대중적 기반을 이룬
조직된 집단이라고는 기독교와 오랜 전통을
가진 천도교, 둘밖에 없었다.

천도교는 모든 신도들에게 3·1운동에 참여
하라고 호소했고 전국에서 도합 200만 명
이상이 시위에 참여했다.

그들은 제사도 농사일도 일신상의 안전도
애국열의 물결 속에서 모조리 잊어버렸다.

이것은 인류 역사가 시작된 이래 가장 특이한 운동이었으며, 순교의 자세가 되어 있으니

어떠한 형태의 폭력도 거부하는 하나의 기독교적인 이상주의 저항운동이었다.

조국의 독립을 위해 평화적으로 싸우자!

어디서나 평화롭게라는 말을 주장했다.

평화!

비폭력!

평화!

이 평화적인 시위운동의 실험 결과는 어떠했는가?

그것은 당연히 예상했던 그대로였다.

왜놈들은 처음에 매우 당황했다.

난… 난다요?

놈들은 어찌할 바를 몰랐다.

이런 정도의 운동이 평화리에
진행되었다는 것도 놀라웠지만
그 격렬함에도 놀랐다.

하지만 놈들은 재빨리
단안을 내렸다.

시위가 일어난 다음 날에 지도자들을
체포했고, 운동이 가라앉은 5월21일까지
도합 30만 명을 검속했다.

병원과 학교는 모조리 유치장으로 변했다.

우리 중학교도 임시 유치창으로 사용되었다.

피검자의 3분의 2는 치도곤을 당하고 나서
며칠 있다가 석방되었다.

으어어으~

나머지 10만 명은 합법적으로 구속이나
기소되었고 이 중 약 5000명이
금고형을 언도받았다.

3년!

탕 탕 탕!

사형당한 사람은 아무도 없었다.
법률상의 구실이 전혀 없었기
때문이다.

시위운동 참가자들이 이렇게 주장했으므로
조선의 법률로는 사형을 시킬 수가
없었던 것이다.

우리는 단지 조선의 독립을
위해서 싸웠을 뿐 일본에 대항해
싸운 것이 아니다.

법에 의하면 살인죄에 대해서만
사형을 시킬 수 있었다.

그래서 놈들은 사람들을 체포하는
대신에…

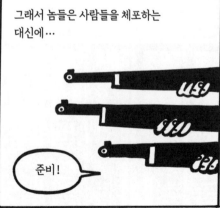

준비!

거리에서 학살했던 것이다.

이 얼마나 뛰어난 일본인 특유의
전문 수법인가!

이 탄압 기간에 7000명에 가까운
조선인이 학살되었다.

매시간 잔학 행위에 대한 새로운
소식이 들려왔다.

수원 근처에 있는 세 개의 마을이 불탔다.

어떤 마을에서는 교회당에 불을 지르고
그곳에서 뛰쳐나오는 사람들에게 총질을 했다.

전주에서도 역시 교회가 복수의 표적이 되었다. 이 두 사건으로 사상자가 약 1000명에 달했다.

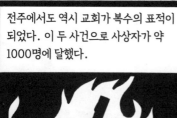

이 사건을 보고 미국 선교사들이 크게 분노했다.

오 마이 갓~!

대구 근처에서는 약 2000명의 농민이 경찰서 앞에서 시위를 했다.

그러자 경찰이 그들을 향하여 말했다.

우리는 지금 조선총독부에 전화를 걸어 여러분들이 원하는 대로 조선을 독립시켜줄 것을 요청하였소.

곧 총독부에서 회답이 올 것이오. 지금 고위 간부들이 회의를 열고 있으니 30분만 기다려주시오! 그 후에는 집으로 돌아가도 좋소!

그럼 기다려야지!

허~그렇구먼.

단순하고 정직한 농민들은 이 말을 믿었다. 하지만 잠시 후 일본 군대가 세 대의 자동차를 타고 밀어닥치더니

?

응? 저게 뭐여!

도망치는 농민들을 30명이나 학살했다.

투 타 타 타

나는 3월7일 가두시위를 하다가 다른 학생 몇 명과 함께 붙잡혀서 3일 동안 구류를 살았다.

네놈은 무엇 때문에 조선의 독립을 요구했느냐? 앙!

이유는 모른다. 하지만 요구했다!

고노야로! 또 다시 시위에 가담할 거냐?

다시 안 하겠다고 서약하지 않으면 앞으로 다시는 햇빛을 볼 수 없을 거야!

조선 총독은 운동을 탄압하기 위해
일곱 개의 법령을 하나하나 내놓았다.

어떠한 방법으로든 혁명을 위해 글을
쓰거나 연설을 하거나 시위에 참여
하거나 선전을 하면 최고 10년 금고
형에 처한다!

조선 총독부

왜놈들이 세운 대책에는
기독교적인 요소는 하나도 없었다.

왜놈들은 우리 도시에 있던 교회를 모조리
점거했으며 종교 집회를 금지했다.

3·1운동 이전까지는 나도 정기적으로 교회에 다녔고 비록 기도가 쓸데없는 짓이라고 생각하기는 했지만 교회가 조선에서 가장 훌륭한 기구라는 것을 의심치 않았다.

그러나 이 파멸을 본 이후 내 믿음이 깨져버렸다.

나는 신은 분명히 존재하지 않으며 그리스도의 가르침은 내가 태어난 투쟁의 세계에서는 별로 적용되지 않는다고 생각했다.

어느 선교사의 말이 나를 화나게 했다.

조선이 잘못을 저질렀기 때문입니다.

그래서 하나님께서 조선에 벌을 내리고 계신 겁니다.

지금 조선은 그 대가를 지불하기 위해 고통을 당하고 있습니다.

하나님께서는 죄의 보상이 끝난 다음에 조선을 원래대로 돌려놓으실 것입니다.

만일 하나님께서 보상이 끝났다고 생각하신다면 조선은 독립을 얻게 될 것입니다.

그러나 그 전에는 안 됩니다!

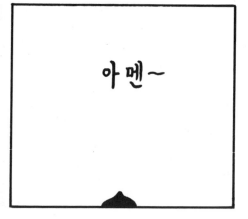

아 멘~

3·1운동의 열기가 가라앉고 나서 얼마 후에 나는 일본으로 건너가 고학하면서 대학에 다니기로 했다.

그 당시 도쿄는 극동의 학생 성지로 온갖 혁명가들의 피난처였다.

조선에는 훌륭한 대학이 없었고

그 당시 일본의 학교들은 자유주의적이고 전후의 왕성한 지식욕으로 충만해 있었기 때문에

조선 학생은 모두 그곳에 가서 고등교육을 받고 싶어 했다.

내가 동경을 동경하다니

가면 새로운 것을 배울 수 있어!

그렇지만 아버지는 돈이 없었고 내 계획도 크게 반대하셨다.

버르장머리 없는 놈 무슨 놈의 공부야!

결국 언제나처럼 작은형이 나에게 구원의 손길을 보냈다.

자, 지락아 100원이다. 받아라!

형!

그 돈이면 대략 다섯 달 동안의 학비는 충분할 거다.

고맙습니다.

덜컹덜컹~

우웩!

나는 도쿄에서 박근이라는 친구와 또 한 명의 학생과 함께 방을 빌렸다.

지락상 박근상 식사하세요!

아리가또 고자이마스네~

나는 곧 매일 아침 여덟 시 이전에 신문을 80부 배달하는 일자리를 구했다. 보수는 월 10원이었다.

헥헥~!

그러면서 도쿄제대에 응시할 준비를 했다.
당시 도쿄에 있는 조선 유학생의
3분의 1 이상이 고학을 했다.

대개 그들은 인력거를 끌거나
신문, 우유 배달, 인쇄소에서 교정을 보았다.

대부분의 일본인들은 조선인 유학생들을 안 좋게 봤지만 그들은 도쿄에서 별난 존재였다.

600명의 학생이 인력거를 끌었고 나도 몇 차례 인력거를 끌고 역으로 나갔는데…

한 번 손님을 태우면 그 돈으로 충분히 하루를 살아갈 수 있을 정도의 좋은 돈벌이였다.

하지만 일본 학생과 중국 학생들은 체면 때문에 이런 일을 하려고 하지 않았다.

1910년 이래 도쿄의 조선인 유학생들은 대개 이런 식으로 고학을 했다.

그들은 일본인들의 머슴 생활을 했지만 일본인들이 학비를 지불하도록 만들었다.

우리 가난한 조선 학생들은 때때로 몇 명씩
떼를 지어 일본인 집들을 방문해서
옛날 책이나 잡지 헌 옷 따위를 얻었다.

저 집이야!

일본의 주부나 아가씨들은 모두가 친절했다.

스륵~

고니치와~

어서오세요!
호호호

그네들은 조선 학생들을 좋아했으며
가끔씩 새 것을 줄 때도 있었다.

만약 아름다운 아가씨가 현관에 나오면
학생들은 잠시라도 안에 들어가 앉아서
이야기하려고 애썼다.

기레다!

아름다우
십니다!

호호호!

그러면 아주 좋은 조건으로 거래를
할 수 있기 때문이다.

이야호!

많다!

이렇게 해서 수집한 모든 고서적, 잡지,
신문을 분배하여 헌책방이나 노점상에게
팔았다.

얼마예요?

스고이!

한번은 박근과 내가 헌책을 사기 위해 어느 집을 들어갔는데 그 집주인이 우리에게 악담을 하는 바람에 싸움이 붙었다.

재수 없게도 그놈이 유도를 잘해서 박근의 코가 묵사발이 되었다.

일본에 있는 조선 유학생들은 일하는 사람과 돈을 가지고 있는 사람, 이 두 부류로 명확하게 구분되었다.

돈 있는 학생들은 3분의 1에 달하는 일하며 공부하는 학생들을 룸펜 프롤레타리아라 불렀다.

하지만 우리들은 우리 자신을 이렇게 불렀다.

그리고 우리는 그들을 달걀 껍데기라고 불렀다.

그 의미는 겉은 희고 깨끗하지만

달걀...

쩍—쩍—

속은 말랑말랑하다는 뜻이다.
또는 뜨신집 아이라고 불렀다.

어이~

크큭

뜨신집 아이~!

그 녀석들의 희멀끔한 얼굴을 때려 부수는
데는 주먹 한방이면 충분하다! 하하하—

우리 800명의 룸펜들은 전 조선인 학생들을
지배했다. 그리고 이 지배를 이렇게 불렀다.

프롤레타리아 독재

우리들은 갖가지 학생 집회를 열고
프롤레타리아 철학을 충분히 활용해 마음대로
달걀 껍데기들을 가르쳐주었다

껍데기야! 노동자란 말이지... ♬

우리 모두가 마르크시즘을 연구했으며
일하면서 공부하는 파가 돈 있는 파보다
지적으로 훨씬 앞섰다.

부유한 달걀 껍데기들은 우리를 두려워했으며
뒤에서는 우리를 비적이라고 불렀다.

헉헉 — 빠르네!

상대하지 마!
저들은 비적이야!

한번은 다수의 부유한 학생들이 어머어마한
비용을 들여 연회를 열었는데

하하하하 —

까르르르 —

우리 룸펜들은 초대도 안 받은 주제에
떼거리로 그 연회장에 몰려가서 젓가락을 들고
그들과 같이 앉아서 먹어댔다.

맛있겠다. 냠냠

우리도 먹자!

그리고 톨스토이를 인용하며

우리들 수백 명이 굶주리고 있을 때
어떻게 하여 부자들이 먹을 수 있는지
알아야 한다!

상을 엎어버리고 경멸하는 태도로
배고픔과 자존심을 달래며 걸어 나왔다.

저… 저!

1919년 이전에는 보통 1000~2000명의
조선인 학생들이 일본에 유학하고 있었다.
그런데 그 후 몇 년 사이에 3000명
이상으로 불어났다.

대부분의 조선인 학생은 졸업을 해도 일자리를 구할 수가 없었다.

일제 지배하의 조선에서는 지식층이 거의 필요하지 않았기 때문이다.

조선이 자연스럽게 발전할 수 있는 자유롭고 독립된 존재라면 지식층의 수요가 얼마나 광범위하게 창출될 것인가!

우리의 추정에 의하면 현재 조선인 유학생의 70프로가 공산당 동조자이다.

일본, 독일, 소련에서 돌아온 사람들은 대부분이 공산당원이 되기를 희망했다.

미국과 프랑스에서 공부한 사람들은 이런 부류에 들어가지 않는다. 그들은 신사이고 좋은 지위와 기독교적인 활동만을 원했다.

일본 본토의 일본인이 조선에 있는 일본인과는 아주 다르다는 것을 알고 나는 적잖이 놀랐다.

제국주의의 사무원과 앞잡이는 식민지 주민을 억누르기 위해 고용된 것이요,

그렇기 때문에 그들의 태도가 본토에 있는 일본인과는 전혀 다른 것은 당연한 일이었다.

나는 도쿄에서 사귄 많은 일본인에게 호감을 느꼈다.

1919년에 혁명적 계급이 발전하기 시작하면서 무정부주의자가 중요한 급진 세력으로 떠올랐다.

일본 공산당원은 정직하고 강인하며 희생을 두려워하지 않았기에 아주 좋은 동지가 될 수 있었다.

그들은 조선인, 중국인, 외국인 동지들을 절대로 구분하지 않으며 정말로 국제적인 정신을 가지고 있었다.

일본에서는 훌륭한 새 잡지가 많이 출간되었는데 거기에서는 모든 종류의 사회과학과 정통파 경제 이론과 비정통파 경제 이론을 다루었다.

일본 각지에서는 대략 20만 명의 조선인 노동자가 살고 있었는데 자유주의적 일본인과 조선인 사이의 관계는 양호했으며 극동국제주의의 정신이 발전하고 있었다.

하지만 4년 뒤…

이 꿈은 깨져버리고 말았다.

1923년 9월1일 일본 역사상 최대의 천재지변이 발생했다. 도쿄와 요코하마가 지진으로 거의 파괴되었다.

전신 전화선이 끊어졌고 주민들은 극도의
긴장 상태에 놓여 있었다.

살려줘요!

당시 일본은 전후 경제 위기의 고비에 있었다.

대지진이 일어나자 지배계급은 1918년의
쌀 폭동에 필적할 만한 폭동이 일어나는 것을
두려워했다.

무슨 좋은 방법이
없겠나?

그러므로 그들은 이러한 폭동이 일어나지
않도록 선수를 치고 겁을 주는 것이 필요했다.

9월3일 일본 정부는 도쿄 경시총감 명의로
조선인 무정부주의자와 민족주의자들이
일본인 무정부주의자들과 힘을 합쳐 집을
불태우고 사람들을 죽이며 돈과 재산을
훔치고 있다는 내용의 포고문을 냈다.

뭐!

조센징들이!

그리고 주민들에게 생명과 재산을 지키기
위해 필요한 모든 수단을 사용하라고 호소했다.

이 포고문은 거짓말이었지만 모든 공공장소에
게시되었다.

일본은 테러리즘에 광기에 빠져들어갔고
조선인 대량 학살을 자행했다.

학생 1000명을 포함해 일본에 거주하던
조선인 6000명이 살해되었고 중국인도
600명 이상 피살되었다.

자경단들은 비밀리에 20~100명씩을
동원해 단검, 죽창, 일본도, 망치, 낫 등을
사용해 지체없이 학살을 시작했다.

많은 조선인들이 죽창으로 고문을 당하면서
서서히 죽어갔다.

그러는 동안 고문자들이 빙 둘러서서 박수를 쳤다.

어린 여학생과 부인들은 대못으로 고문을 당했으며

그러고 나면 남자들에게 죽을 때까지 헹가래를 당했다.

기차 안에서 조선인을 발견하면

기차가 최고 속력으로 질주하고 있을 때 밖으로 밀어버렸다.

도쿄에서는 모든 조선인은 군사령부로 와서 보호를 받으라는 명령이 내려졌다.

그리고…

전원이 사령부 앞에서 살해되었다.

3000명의 대학살이 대부분 도쿄, 오사카, 나고야에서 일어났는데 이 도시들은 동요하고 있던 공업 중심지였다.

9월5일 일본 정부는 학살을 중지할 것 그리고 경찰은 모든 조선인들을 보호해야 한다는 명령을 내렸다.

이렇게 한 뒤에 그들은 약 10만 명을 조선으로 강제송환했다.

조선인 동포들이 학살당하고 있던 그때

조선에서는 모든 조선 가정이 쌀을 무료 공출하여 일본인을 도와주어야만 했다.

일본인을 기아에서 구출하기 위해 우리들은 쌀을 200만 가마나 바쳤던 것이다.

이것이 예속된 민족으로부터 왜놈들이 얻는 즐거움이었다.

그와 동시에 조선총독부는 농촌의 쌀을 묶어두어 커다란 이익을 남김으로써 간접적으로 민중들을 약탈했다.

일본에서는 30전에 파는 쌀을 조선 농가에서는 강제적으로 7전에 매입했던 것이다.

이후 일본 내에서는 민족주의 운동이
급진화되어버렸고

소극적인 대일 우호 감정까지도
깨끗하게 씻겨버렸다.

1923년 이후 많은 학생과 조선인들은
일본으로 가지 않고 중국으로 향했다.

압록강을 넘어서

나는 일본을 떠나기로 결심했다.

소련에서 학교를 다니면서 내 갈 길을
개척할 생각이었다.

모스크바야말로 새로운 사상의 주요 원천
이라는 것을 알았다.

당시 나는 공산주의와 무정부주의를
같은 것으로 생각하고 있었다.

나는 조선에 돌아와 여비를 마련하려고
애썼다.

구두 갖다드리고 왔어요. 형님!

그래 수고했다.
한 번만 더 갔다 와야겠다.

아무도 내 계획을 눈치채지 못하도록
단단히 주의하지 않으면 안 되었다.

나는 운이 좋았다.

지락아 내일 네가 어머니댁에 다녀와야겠다.

이 돈 200원을 줄 테니 집에 갖다드리거라.

그 얘기 들었나?

무슨 이야기?

엊그제 또 다리 위에서 어떤 여자가 애를 안고 강물로 뛰어들었대…

시상에… 쯧쯧

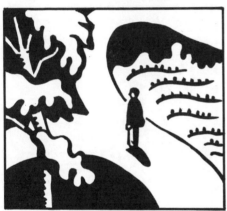

나는 이 돈을 가지고 도망쳐서 조그마한
배를 타고 안동으로 갔다.

그곳에서 몰래 국경을 넘어서 만주로 갔는데
용케도 관헌에게 붙들리지 않았다.

아~ 내가 드디어 압록강을 넘다니!

조그마한 역에서 하얼빈행 기차를 탔는데 시베리아 간섭군이 초래한 전란으로 더는 기차가 다니지 않았다.

예예? 기차가 안 다닌다구요?

아! 이를 어쩌지…

나는 방향을 바꿔 남만주에 있는 조선민족 주의자의 군관학교에 가기로 결심했다.

그래 맞아. 그곳으로 가는 거야!

차를 탈까?… 달구지를 탈까?

나는 홀로 700리 길을 걸어가기 시작했다.
이 여행은 한 달 이상이나 걸렸다.

중국인 여인숙에서 숙박을 했는데 15센트만 내면 수수밥, 두부, 술 등을 마음대로 먹을 수 있고

온돌방에서 하룻밤을 지낼 수 있었다.

하지만 여인숙이 너무 더러워서 그곳에서는 먹을 수가 없었다.

욱!

그래서 밖에 나가 국수나 빵을 사 먹는 경우가 많았다.

넌 뭐야!

툭

함께 숙박하고 있는 난폭한 사람들이 무섭기도 했다.

히히히!

야 이놈아 돈 있으면 내놔!

마부와 농부들 그리고 그들 속에 섞여 있을
것만 같은 강도, 그 사람들은 모두 술에 취해서
요란하게 코를 골아 댔다.

당시 나는 중국어를 전혀 하지 못해서
그들이 나를 이상한 눈초리로 쳐다
보는 것 같았다.

매일 밤 나는 밖에 나가 땅에 돈을 파묻었다.

그러고는 새벽에 그것을 파내고 아침도
먹지 않고 여인숙을 떠났다.

때로는 길 가다 만난 농부에 인사에도 답례를
할 수 없었으며 내가 외국인이라고 밝힐
용기가 나지 않았다.

하루종일 길바닥에 깊게 파인 마차 바퀴 자국을
따라 비척비척 걸어갔다.

피곤해서 걷지 못하면 덤불 속에서 쉬었다.

차가운 겨울바람이 이 넓은 평원에 서서히 휘몰아쳤다.

그것은 마치 내가 지나가고 있을 때

마당에 눈을 쓸고 있던

너무도 가난해 새 빗자루 사지 못하는 늙어빠진 아낙네 만큼이나 천천히 불어왔다.

수일 내로 우리 학교는 문을 닫게 될 것입니다. 중국 정부는 모든 조선인에게 중국인 학교에 다니라는 명령을 내렸습니다.

당신들이 며칠만 기다려주신다면 우리들도 당신들과 함께 가겠습니다.

네 알겠습니다. 짐을 싸실 때까지 기다리겠습니다.

고맙소이다!

그러나 함께 동행했던 젊은 청년은 나를 남겨두고 혼자 가버렸다.

!

와 와!

여러분! 우리 함께 맞서 싸웁시다!

50여 명의 학생들이 학생대회를 열고 그 문제를 의논하는 연설을 듣게 되면서, 학교가 문을 닫은 이유를 알게 되었다.

며칠 전에 한 떼의 중국인 마적이
이 마을을 거쳐서 산속으로 도망쳤어요.

그날 오후 정부군이 추격해와서
마적이 도망친 방향을 물었지요.

마적들이
어디로 갔소?

그 이유는 정부군들은 항상 마적과 만나는
것을 피하기 위해 언제나 주민이 말해준
방향과 반대로 갔기 때문이었어요.

교사의 예상대로 정부군은 그가 가리킨
길이 아닌 다른 길을 택했지요.

저리로 갔습니다!

그래 가자!

하지만 공교롭게도 정부군은 마적을
만나게 되고 전투가 벌어진 거지요.

앗!이게
도대체 뭐야!

탕탕

마을로 돌아오자 대장은 교사에게 거짓말을
했다고 질책했고 크게
분노했어요.

너 이 자식 나한테
거짓말을 했지?

만나고 싶지 않았던 적을 만나 큰 피해를
입었기 때문이었지요.

아니 그게 아…

학교를 당장 폐쇄하라!!

크리릉~

만주에 있는 모든 조선인들은 조국으로 돌아
가고 싶어 했고 독립될 날을 꿈꾸고 있었다.

그래서 이 집 저 집 모두 비가 샜지만
고치려고 하지 않았다.

비가 새는데 내일
손을 봐야겠어요.

통 통 통

허허허~

뭐 때문에 수리를 해야 하지 독립이 되면 곧 돌아갈 텐데 말이야~

그러면서 거의 20년 가까이 지내왔던 것이다.

조선인 부락은 어느 곳이나 장로교나 감리교를 믿고 있었는데

숨막힐 듯한 종교적 분위기가 감돌았고

우리가 가는 곳마다 독립을 위한 대중 기도회가 열렸다.

우리 교인들이 앞장서서 조선의 독립을 쟁취해야 합니다!

아멘!

나는 삼원보라는 곳에서 강가에 있는 보통학교 기숙사에 머물고 있었다. 이곳은 아주 조그마한 민주적 도시였다.

읍내에는 중국인이 3000명 조선인이 약 1000명 정도 살고 있었고 부근에는 조선인이 7000명쯤 살고 있었다.

우린 우리들만의 인민정부와 재판소를 가지고 있소. 진정한 자치제를 시행하고 있소이다. 허허~

다그닥 다그닥! 히잉~!

헉!

1월3일 한밤중에 총소리와 말발굽 소리가 들려왔다. 백마를 탄 수백 명의 마적들이 학교를 포위하고

아아~이게 무슨 소리지?

아동 80명 전부와 선생님 한 분을 인질로 붙잡았다.

그들은 조선 남자 30명도 인질로 잡아왔다.

몇 명이냐?

그리고 어른이건 아이건 1인당 200달러씩의 몸값을 요구했다.

돈을 지불하지 않으면 납치해 가겠다!

아아!

조선 사람들은 부랴부랴 어른 30명분과
어린이 30명분의 몸값을 지불했다.

마적들은 가게마다 모조리 돈을 요구했
으며 닭, 돼지를 잡아 즉시 자기들이 먹을
음식을 장만하라고 명령했다.

쩝쩝

돈을 지불한 사람들은 먼저 석방되고 마을에
더 이상 돈이 없다는 것이 확인되자 나머지
사람들도 석방하고 아침에 떠났다.

가자!

이들과 싸우다가 20여 명의 조선인이 죽었다.

아이고오~!

만주의 마적들에게는 아주 엄격한
규율이 있었다.

그들은 절대로 여자들에게 손을 대지 않았으며
오로지 돈만을 요구했다.

그들은 미리 편지를 보내 자기들이 도착할 정확한 시간을 알려주었고 얼마의 돈을 준비해야 하는지도 일러주었다.

돈을 준비하래!

아아 그런 큰돈이 어딨나?

그러나 그들은 1등급의 봉건지주들에게는 아무것도 요구하지 않는다.

♬

왜냐하면 만주에서는 이들이 정기적으로 마적들에게 기부금을 내며 때로는 습격에 필요한 돈이나 총알을 대주기도 하기 때문이다.

또한 마적들은 가난한 사람들에게 물건을 빼앗는 법이 없으며 중산층만을 덮친다.

우에퉥!

인질을 데려갈 때는 일정한 순서로 협박을 한다.

몸값을 지불하지 않으면 처음에는 두 귀를 잘라보내고,

다음에는 손가락,

마지막에는 머리를 보내온다.

그날 오후 중국군 부대가 도착했다.

여러분들을 보호하기 위해 우리가 여기에 머물러 있어야만 한다.

아마도 마적들이 돌아올 것이다. 자 그러니까 술과 음식을 가져와라!

그래서 온 마을에서 똑같이 돈을 걷어야만 했다.

그들은 일주일이나 머물렀는데 그동안 뿌옇게 살이 쪘다.

쩝쩝!

냠냠.

물론 마적들이 돌아오지 않으리라는 것을
누구나 알고 있었고 의심할 나위 없이 처음
부터 마적들과 내통하고 있었던 것이다.

언제 가냐?

내일모레 딸꾹!

이 두 번의 침입으로 인해 도시가 깨끗하게
청소되었다.

그 후 돈과 돼지와 닭이 다시 충분해져 재차
침입할 가치가 있을 때까지 이 마을은
평화로울 수 있었다.

나는 이 도시에 있는 목사님의 집에서
3주 동안 지냈다.

그 목사님은 나를 마음에 들어 했다.

이보게 지락 군 자네를 양자로 삼고 싶네.

네?

그전까지는 이성에 대한 관심이 전혀 없었는데 이제 그녀 앞에서는 부끄러워서 말도 못 하게 되었다.

오라버니는 여동생이 있나요?

내가 이제까지 보아온 소녀들 중에서 가장 아름다운 사람이었고, 그녀를 볼 때마다 가슴이 두근거렸다.

신비하고 이해할 수 없는 존재처럼 느껴졌고 이 소녀에 대해 많은 것을 알고 싶다는 생각이 굴뚝같았다.

이 꽃 이쁘죠?

그래서 조용히 그녀의 학습을 도와주는 데 정성을 쏟았다.

이렇게 풀면 되지!

아, 쉽구나!

과연 결혼이란게 그렇게 나쁜 걸까…

쩝! 밥맛이 없네…

미삼아!

지락 오라버니!

그래 언젠가는 이곳에 다시 돌아올 것이며 만약 그때도 그녀가 좋다면 결혼을 고려해봐야겠다고 결심했다.

하지만 이 소녀는 영웅의 아내가 될 자격을 갖추어야 할 것이다.

저는 당신과 함께 혁명의 길을 가겠어요.

그때가 되면 더는 얼굴이 예쁘다고 사랑에 빠지지는 않을 것이며, 이 소녀가 교육과 지성 면에서 모든 요건을 갖추지 못하면 자연히 그녀를 좋아하지 않을 것이다.

고맙소!

그러면 그것으로 문제는 해결될 것이다.

목사님의 두 아들은 학교 선생이었는데, 나를 무척 좋아했다.

지락 군, 자네가 원한다면 선생 자리를 주겠네!

지락이는 참 성실한 친구야!

고맙지만 저는 군관학교에 들어가야 합니다.

안타깝군. 그럼 내가 그곳 하니허* 까지 데려다주겠소.

* **하니허**: 哈泥河·합니하. 중국 통화현(通化縣)에 있는 지명으로 신흥무관학교가 있었던 곳이다.

신흥무관학교

응? 열다섯이라고?
안 된다 못 들어온다.

예? 왜요?

여기는 최저 연령이 열여덟이다!

아아… 제가 이곳에
오려고 300리를 걸어서
왔습니다.

저는 반드시 이 학교에
다녀야 합니다. 엉엉~

……

음… 알겠다! 그럼 예외적으로
시험을 칠 수 있는 기회를 주겠다.

아 네. 감사합니다.

지리, 국어, 수학에서는 합격했지만 역사와
신체검사에서 떨어졌다.

끙!

좋다! 그럼 3개월 코스에 입학시켜 주도록 하겠다. 수업료도 면제다.

네 열심히 하겠습니다!

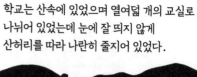

학교는 산속에 있었으며 열여덟 개의 교실로 나뉘어 있었는데 눈에 잘 띄지 않게 산허리를 따라 나란히 줄지어 있었다.

너 그거 알아? 여긴 18세에서 30세까지 약 100명이 입학해 있는데 네가 제일 어리단다.

막내야! 너 총 처음 잡아보지?

학과는 네 시에 시작해 취침은 저녁 아홉 시에 했다. 우리들은 군대 전술을 공부했고 총기를 가지고 훈련을 받았다.

그렇지만 엄격하게 요구했던 것은 게릴라 전술을 위해 산을 재빨리 올라갈 수 있는 능력이었다.

자, 힘내자! 자유를 위해서라면 무슨 일인들 못 할쏘냐!

다른 학생들은 강철 같은 근육을 가지고 있었고 오래전부터 등산에 단련되어 있었다. 그러나 나는 도움을 받아야만 간신히 그들을 뒤따라 갈 수 있었다.

헥헥! 딸꾹~!

자 조금만 더가면 돼!

우리는 등에 돌을 지고 걷는 훈련을 했다.

딸꾹!

그래서 아무것도 지지 않았을 때는 아주 경쾌하게 달릴 수 있었다.

하하 너 이제 날아다니는구나!

그날을 위해 조선의 지세 특히 북쪽의 지리에 관해서는 주의 깊게 연구했다.

만주에는 조국의 탈환을 열망하는 100만 명에 가까운 조선 이주민들이 있지 않은가 그리고 시베리아에도 수십만 명이 있고…

여기 남만주에는 30만 명이 함께 있고 북만주에는 손이 억센 농민부대가 있다. 그 일부는 오래전에 대기근이 일어났을 때 만주로 건너온 사람들이며 오랑캐들만이 우글거리고 있던 황무지에 들어온 개척자들이다.

1907년 이후 100만 명의 조선인이 조국을 떠나 만주로 건너갔다. 쪽바리 한 놈이 조선에 들어오면 30명의 조선인이 나라에서 쫓겨났다.

어떤 사람들은 북극지방에서 어부가 되기도 하고 일부는 중국으로 건너갔고 나머지는 미국, 멕시코, 하와이로 떠났다.

해외로 나간 사람들의 대부분은 기독교인이었다.

투쟁적인 조선인 망명자들은 그 한 사람 한 사람이 모두 자기의 힘이 백만 배로 불어난 듯이 느껴졌다.

하지만 그것은 사실이 아니었다.

공간이 우리들을 떼어놓았던 것이다.

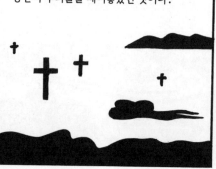

그러나 이 느낌은 즐거운 것이며 그 때문에 민족주의 물결이 높아져갔다.

3·1운동의 첫 기념일에는 대규모 기념 대회가 열렸다. 학교가 쉬었기 때문에 나는 기념 대회가 열리는 삼원보로 돌아갔다.

나는 목사님과 그의 예쁜 딸을 다시 만났다.

테니스도 치고 호수에서 수영도 하고 그물로 고기도 잡으면서 한 달 가까이 보냈다.

그러는 사이 그녀가 점점 더 좋아졌다.

6월에 목사님이 보통학교에 일자리를 마련해주셨다.

이곳 산속의 농민들에게 종교는 대단히 소중한 것이어서 나는 종교를 비판할 수가 없었고 이곳의 관습을 따라야만 했다.

아무리 농촌이 외형상으로는 목가적이라고 하더라도 나는 농촌에 묻혀서 살고 싶지는 않았다.

그래서 나는 당시 대한민국 임시정부가 있는 상하이로 가서 혁명운동에 합류하기로 결심했다.

이제 80달러가 남아 있다. 이 돈이면 여비는 나올 수 있겠어!

그래! 상하이에서 공부를 한다니 좋은 생각이네! 자네가 돈이 필요할 때 자네 춘부장께서 도와주실 수 없다면 내가 돈을 보내주겠네!

나는 자네가 훌륭한 청년이고 전도가 양양하다고 믿고 있으니까 말이야. 허허허!

2년 후에는 내 딸도 좋은 학교에 보내고 싶다네. 그때 딸애를 좀 도와주고 돌봐주었으면 하네…

네, 목사님. 열과 성을 다하겠습니다.

씽긋~!

목사님은 매우 친절하고 너그러운 분이셨다.

이거 가지고 가면서 먹게나!

고맙습니다!

인간 본성에 대한 내 믿음을 유지하기 위해서 진정한 선량함을 생각할 필요가 있을 때면 이 목사님을 생각했다.

몸조심하게나!

그러나 나는 두 번 다시 이 목사님을 보지 못했다.

내가 그곳을 떠나온 것은 어쩌면
나에게는 다행이었다.

삼원보에 살았던 학교 선생을 훗날
베이징에서 만났을 때 그가 나에게
얘기해주었다.

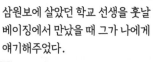

지락이!

나 기억하겠는가?
삼원보에서 봤었지.

그때… 내… 내가
유일하게 살아남았다네…

?…

1920년 일본 정부는 독립군을 없애버리려고
두 개 사단을 보냈지만 독립군은 시베리아로
도망쳐버렸다.

왜놈들은 그 보복으로 주민들을 학살했으며
6000명 이상의 조선인을 살해했다.

여자와 아이들은 대검에 찔려 죽었고
수많은 지도자들이 산 채로 매장당했다.

그러면 안 목사님과 그 가족들은
어떻게 되었을까?

안 목사님은 두 아들이 산 채로 세 동강
나는 것을 눈뜨고 지켜보아야 했고

그런 후에 왜놈 병사들은 강제로 목사님에게
맨손으로 자기 무덤을 파게 한 후 산 채로
매장했다.

세 식구의 죽음을 지켜봐야 했던 부인은
강물에 몸을 던졌다.

내 첫사랑이었던 열네 살 소녀가 어떻게
되었는지는 아무리 노력해도
알아낼 수 없었다.

그렇지만 독립군은 왜놈에 대한 싸움을 멈추지 않았다. 4000명의 빨치산이 그해 겨울, 제대로 먹지도 못하고 따뜻한 옷도 입지 못한 채 겨우 1000명 남짓 살아남을 때까지 왜놈들과 싸웠다. 이 싸움에서 그들은 일본군을 2000명 가까이 사살했다.

상하이

허참~ 좋소! 그럼 1달러 50센트 줄 테니 조선인 거류민단까지 갑시다!

헤헤! 하오!

나는 시골뜨기로 얕보인 인상을 불식시키려고 했다.

에헴.

하지만 속으로는 마부가 거리 모퉁이로 나를 끌고가서 가지고 있는 돈을 모두 강탈하지 않을까 조마조마했다.

꿀꺽.

실례합니다! 저는 삼원보를 거쳐 조선에서 온 사람입니다!

오, 그래요. 반갑소. 월 15달러씩 하는 조선인 하숙집이 있소. 그리로 갑시다.

쩝 쩝 쩝—

배가 많이 고프셨구먼. 어때요. 입맛에 맞으시오?

네. 역시 조선의 맛이 느껴집니다!

응? 그건 중국 음식이오!

아!

하하. 중국 생활 잘할 것 같구먼!

우리는 친해졌고 후에 이 사람은 아름다운 여배우의 협력을 받아 폭탄 테러를 하여 유명해졌다고 한다.

지락 군! 내가 일자리를 알아봐주겠소!

나는 월 20달러를 받고 《독립신문》의 조선어 교정자 겸 식자공 자리를 구했다.

ㄱ, ㄴ, ㄷ…

이 신문은 이광수가 편집하고 있었는데 창간호는 상하이에서 나왔지만 그 후에는 다른 곳에서 발행되었으며 인쇄된 신문은 몰래 국내로 반입했다.

지락 군! 생각보다 잘하는군.

감사합니다. 편집장님!

틈만 나면 전차를 타고 시내 곳곳을 둘러보기도 했고 그러면서 상하이에 망명해 있는 조선인 혁명가들과 친해졌다.

이곳은 자유로운 도시오!

나에게 상하이는 새로운 세계였으며 서양의 물질문명과 움직이는 서구 제국주의를 처음으로 본 곳이었다.

나는 모든 풍요로움과 비장함이 어우러져 있고, 여러 나라 말이 사용되고 있는 이 드넓은 도시에 매료되었다.

1919년 3·1운동이 왜놈에게 진압된 뒤 상하이의 프랑스 조계가 조선 혁명운동의 주요한 지휘소가 되었다.

3000명의 망명 정객이 여기에 모여 서울의 왜놈 기구에 대항해 독립된 대한민국 임시정부를 세웠다.

이승만이 대통령에 선출되었고 이동휘 장군이 총리직을 맡았다.

임정에는 의회와 기관지도 있었으며 해외에 조선인의 중심지가 있던 곳에는 모두 지국을 두었다.

첫 의정원 회의가 열린 1920년 3월1일 민주주의 헌법이 채택되었다.

그 강령은 두 가지로 민주주의와 대한독립이었다.

1919년부터 1924년까지 두 부류의 민족주의 그룹… 아메리카파 대 시베리아-만주파 란 이름으로 서로 대립하고 있었다.

아메리카파 지도자 이승만은 윌슨 대통령을 전폭적으로 신뢰하고 있었으며 국내에서 온 대부분의 조선인, 특히 기독교인들은 해외에서 돌아온 유학생 지식인과 함께 아메리카파를 추종했다.

이들은 모두가 신사들이었고 그들 대부분은 영어를 능숙하게 구사했는데

실제로 설득력 있는 영어를 구사할 수 있게 되면 조선이 독립을 얻게 될 것이라고 기대하고 있었다.

100여 명의 의원을 가진 아메리카파는 의정원 내에서 다수파였다.

반면 이동휘 장군이 이끄는 시베리아-만주파 의원은 80명밖에 되지 않았다.

이들은 왜놈들과 정식으로 전쟁하기를 바랐다.

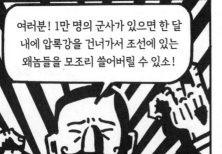

의정원이 자기의 제안을 부결시키자 이동휘 장군은 총리직을 사퇴했다.

그때부터 난 앞으로 다시는 임시정부와 협력하지 않을 것이며 오로지 공산당을 위해 일하겠다고 맹세했지.

우리 아버지는 유학자였고 봉건지주 집안이었지. 난 일본 육군사관학교 출신이지만, 군관학교 출신들을 말만 번지르르하는 신사들만큼이나 경멸하지!

나는 시베리아 만주에 사는 조선인 개척자들의 손을 존경하네.

우리의 무장투쟁도 그래야 해!

1907년까지 의병장으로 활약했던 이동휘 장군은 1911년 일본 군대가 장군의 부대를 국경 밖으로 몰아내자 만주와 시베리아의 조선인 사이에서 새로운 저항운동과 군인양성운동을 시작했다.

이동휘 장군은 러시아의 선례에 영향을 받아 공산주의자가 된 최초의 조선인 가운데 한 사람이었다.

조선과 소련은 아주 가까운 사이이다.

10월혁명 때 수천 명의 조선인이 싸웠다. 조선 공산주의운동은 극동에서 가장 오랜 역사를 가지고 있다고…

1918년 그는 이르쿠츠크 공산당이라는 최초의 조선인 공산당을 조직했으며 그 일로 모스크바에 갔다.

이는 중국보다 4년 앞선 것이었다.

우선 강력한 혁명적 대중정당을 조직해야 돼. 그러기 위해서는…

나는 레닌이오! 당신이 조선의 이동휘 동지구먼. 만나게 되어 반갑소!

네! 동지. 영광입니다!

이동휘 동무, 조선에 얼마만큼의 노동자가 있소?

아…

이동휘 장군은 이 문제를 생각해본 적이 없었기 때문에 대답할 수가 없었다고 한다.

그… 그게

허허허―

이보게 지노비예프! 우리는 여기에 있는 이동휘 동지를 도와주어야만 합니다.

이동휘 동지는 조선 독립에 대한 뜨거운 피가
있지만 방법을 갖고 있지 않습니다.
이것은 동양의 자연적인 상태입니다.

그들은 혁명적 기지를 전혀 갖지 못하고
다만 테러리즘과 군사 행동의 배경만을
갖고 있을 따름입니다.

· · · · · · · ·

1922년 재차 모스크바에 갔을 때

임시정부에 반대하며
또한 공산당을 만들기에는
때가 너무 이릅니다.

즉 혁명적 분자들이 독립을 위해
광범위한 민족주의 정당과 연합하여
그것을 강화하는 것이 필요합니다.
도움이 필요합니다!

나도 그렇다고 생각하오.
도와드리겠소.
우리가 50만 루블을 주겠소!

감사합니다. 레닌 동지!

건투를 비오!

안평산이라는 조선인 변호사가 그중 30만 루블을 소련에서 몽골로 가지고 갔는데…

이제 잘 될 거야!

도중에서 일행 네 명이 모두 비적에게 살해되었고 돈도 강탈되었다.

1923년 겨울에 김립이라는 조선인 공산당원이 나머지 20만 루블을 가지고 상하이로 왔다.

이동휘 장군님! 가지고 왔습니다.

정말 수고했네.

그리고 임시정부에 조선인민 대표자회의의 소집을 요구했다.

임시정부에 대항하는 대규모 민족주의 정당을 만들어냅시다.

대표자회의에 참석하기 위해 국내, 러시아, 미국, 만주 등지에서 600여 명의 대표들이 왔다.

한 달 동안 이 회의는 단일한 활동 방향을 만들어내려고 몸부림쳤다.

임시정부를 개편하고 강화하여 조선 혁명을 지도하도록 합시다.

그동안 임시정부가 무용하다는 것을 스스로 증명했기 때문에 독립을 지향하는 커다란 단일민족 혁명정당을 조직해야 합니다.

하지만 결국 아무런 통일점도 찾지 못했고 두 파로 갈라지고 말았다.

김립은 모스크바에서 받은 20만 루블을 임시정부에 건네주지 않고 인민회의 준비위원회 쪽으로 돌렸다.

1924년 6월 어느 날 저녁, 김립은 인력거를 타고 가다가…

임시정부 측 정적에 의해 뒤에서 저격을 당했다.

탕, 탕

그런 후 임시정부는 은행에서 20만 루블을 꺼내어 사용해버렸다.

아아아~ 이럴 수가 김립이…

김립이 죽었다는 소식을 듣자 이동휘는
격노했다.

내… 이놈들을!!

이동휘 자신도 1928년 블라디보스토크
근교에 있는 자택에서 사망했다.

당시 이동휘는 60세가 넘었고 1924년 이후
대단히 불행했다.

그 사건 이후 임시정부는 모든 권력과
영향력을 상실했다.

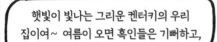

멀리 떨어진 그리운 켄터키의 우리 집을 위해 노래하자~

나는 안창호에게 많은 미국 노래와 이야기를 배웠는데, 자신의 학교에서도 이 노래를 가르쳤고 달밤의 애창곡이 되었다.

내가 상하이에서 최초로 영향을 받은 사람은 민족주의의 쌍벽으로 이름난 안창호와 이광수였다.

선생님 노래를 들으니 고향 생각이 납니다.

어이구! 울지 말게나.

안창호는 임시정부의 노동총판이었으며 흥사단의 지도자였고 나에게 실제 정치를 가르쳐주었다.

아직 혁명은 요원하다.

너희들은 장래를 대비해 지금은 공부를 해야 한다. 너희 가족들도 가족들의 생활비를 대주며 너희들을 도와주지 않으면 안 된다.

5년 후 안창호는 임시정부와 사이가 틀어져서 캘리포니아로 되돌아갔다.

안창호는 참으로 자유주의적이고 민주적인 지도자였고 공산주의 이론과 전술에 관심을 가지기도 했다.

안창호는 결코 공산주의자가 되지는 않았다. 하지만 아직 미숙한 조선공산당을 반대한 적이 한 번도 없었다.

그는 1924년 샌프란시스코에서 공산주의 서적을 자택에 소지하고 있다는 이유로 검거 되었지만 공산주의자가 아니었기 때문에 다음 날 석방되었다.

이듬해에 또다시 상하이로 돌아와서 많은 단체를 조직했다.

1932년 상하이 사변*이 일어난 이듬해 봄에 그는 프랑스 조계에서 체포되어 일본 측에 인도되었다.

그 이유는 윤봉길의 폭탄 투척 사건 때문이었 는데 그는 이 사건과 아무런 관련이 없었다.

서울로 압송되어 1년간 감옥에서 모진 고문을 당했으며 얼마 후 숨을 거두었다.

* **상하이 사변**: 1932년과 1937년의 두 차례에 걸쳐 상하이에서 발생한 중국·일본 간의 무력 충돌 사건.

이광수는 내가 일하고 있던 《독립신문》의 편집장이었다.

지락 군, 편집교정은 끝났는가?

네. 아직 조금 남았습니다.

안창호가 부르주아적 원칙을 따르는 민주적 대중운동을 대변하는 반면에, 이광수는 그것과 평행한 상층 부르주아와 부르주아 지식층의 자유주의적 문화운동을 대변하고 있었다.

이광수는 1924년경 사이토 총독의 초청으로 조선에 돌아와서 《동아일보》와 청소년을 위한 자유주의 잡지인 《동광》의 주필 노릇을 했다.

콰

상하이에서 여러 정치 논쟁이 한창 일어나는 와중에도 논쟁을 무시하고 왜놈에 대한 직접적인 행동으로 돌입하는 몇몇 청년 의열 투쟁이 있었다.

다른 모든 조선 청년들과 마찬가지로 나도 그들의 활동에 매료되었다.

조선 사람들은 점잖은 사람들이다. 평화를 사랑하고 조용하며 신앙심이 깊다.

이러한 일반적인 수동성과 평생 줄지 않는 고통을 참고 사는 것에 대해 화가 나서 젊은이들은 직접적인 행동을 택했고

직접 행동에 도움이 되는 무기─ 폭탄, 총, 칼만을 잡았던 것이다.

사회는 때때로 가장 온화한 사람들 중에서 자기를 희생의 제물로 삼으려고 하는 가장 열렬한 개인적 영웅을 만들어낸다.

이러한 대담하고 희생적인 정신 때문에
조선 사람들은 극동 전역에서 가장 무시
무시한 테러리스트로 알려져 있었다.

왜놈에게 테러를 하고 싶으면 중국인은 대개
조선인 중에서 지원자를 물색했다.

1919년 겨울에 두 개의 테러리스트 단체가
비밀리에 결성되었는데 가장 두드러진
활동을 한 것은 의열단이었다.

의열단은 1919년에서 1924년에 걸쳐 왜놈에
대한 테러를 국내에서만도 300건이나 행했다.

1919년에서 1927년에 걸쳐서 왜놈들은
의열단원만 300명이나 처형했다.

의열단원은 불과 몇 명 안 되었다. 그들은
많은 단원을 확보하려고 하지도 않았다.

핵심은 50명으로 구성된 하나의
통일체이며 모든 것이 엄격하게 비밀로
되어 있었다.

내가 상하이에 머무르는 동안 20명의 의열단
지도자가 프랑스 조계에 모였다.

나는 정식 단원이 될 자격이 없었다.

안 돼. 넌 너무
어리다!

하지만 내가 무정부주의자 그룹에 들어간 뒤에는
그들 사이에서 촉망받는 제자로 받아들여져서
그들의 작은 서클 생활에 들어가게 되었다.

많이 먹고 잘 커라! 하하―

의열단원들은 마치 특별한 신도처럼
생활했고

수영, 테니스 그 밖의 운동을 통해 항상 최상의
컨디션을 유지하도록 했다.

매일같이 저격 연습, 독서도 했고

쾌활함을 유지하고 자기들의 특별한 임무에 알맞은 심리 상태를 유지하기 위해 오락도 했다.

또 죽었네!

하하하!

그들의 생활은 명랑함과 심각함이 기묘하게 혼합됐다.

언제나 죽음을 눈앞에 두고 있었으므로 생명이 지속되는 동안 마음껏 생활했던 것이다.

그들은 기막히게 멋진 친구들이었다.

술 한잔 할까?

난 데이트가 있어.

의열단원들은 스포티한 멋진 양복을 입었고 머리를 잘 손질했으며 어떤 경우에도 결벽할 정도로 말쑥하게 차려입었다.

그들은 사진 찍기를 아주 좋아했는데 언제나 이번이 죽기 전에 마지막으로 찍는 것이라고 생각했다.

잘 찍어주시오!

이번이 마지막일지 모르니 허허!

그들은 프랑스 공원을 산책하기를 즐겼다.

날씨 좋다!

모든 조선 아가씨들은 의열단원을 동경했으므로 수많은 연애 사건이 있었다.

아저씨!

블라디보스토크에서 온 아가씨들은 러시아인과 조선인의 혼혈이었는데 매우 아름답고 지적이었다.

사랑해요! 야 유블르바스

이 아가씨들과의 연애는 짧으면서도 열렬했다.

그 후 나는 가장 뛰어난 두 명의 조선인 테러리스트인 김약산, 오성륜과 아주 친해졌다.

이 두 사람은 지금 조선의 위대한 혁명 영웅들로 꼽힌다. 일본 경찰들은 현지의 다른 어떤 조선인보다도 이 두 사람을 체포하려고 혈안이 되어 있었다.

신분증 보자!

김약산은 고전적인 유형의 테러리스트로 냉정하고 두려움을 모르며 개인주의적인 사람이었다.

그는 내가 상하이에서 만난 사람들과는 아주 달랐다. 다른 사람들은 서로 잘 어울려 다녔지만 김약산은 언제나 조용했고 스포츠를 즐기지도 않았다.

그는 거의 말이 없고, 웃는 법이 없었으며 도서관에서 독서를 하면서 시간을 보냈다.

그는 톨스토이의 글도 모조리 읽었다. 조선의 톨스토이 심취자들 가운데 다수가 테러리스트가 되었는데…

그것은 톨스토이의 철학이, 결코 해결될 수 없는 노력 속에서 직접적인 행동과 투쟁으로 나아갈 필연성을 가지고 있기 때문이었다.

그는 여자들을 좋아하지 않았다. 하지만 그는 로맨틱한 용모를 가졌기에 아가씨들은 그를 멀리서 동경했다.

김약산은 뚜렷이 구별되는 두가지 성품을 지니고 있었다. 그는 자기 친구들에게는 지극히 점잖고 친절했지만

또한 지독히 잔인할 때도 있었다.

김약산이 행한 유명한 개인적 테러는 1923년 여름 사이토 총독을 암살하려고 한 일이다.

그는 우편 배달부 옷을 입고 우편물 가방에 폭탄 일곱 개를 넣고 서울에 있는 총독부로 들어갔다.

그러나 뜻밖에도 사이토 총독과 고관들이 회의를 마치고 바로 한 시간 전에 떠나버렸던 것이다.

김약산은 그곳에 남아 있던 왜놈들에게 가지고 간 폭탄을 모조리 집어던지고 나서

유유히 건물을 나왔다.

이게 무슨 소리므니까?

글쎄 잘 모르겠소!

전국에 비행기와 경찰이 총동원되어 그를 수배했지만 그는 어부로 변장하고 나룻배에 사흘 동안 숨어 있다가

곧바로 만주로 건너갔다.

뭐?

상하이에서 오성륜을 만났을 때 그는 30세 정도였고 나는 겨우 16세였다. 그래서 그 당시는 서로 친해질 수 없었다.

16세라고…풋! 어리군!

그렇지만 광둥에서 몇 년 지낸 후에 그는 내 생애를 통틀어 가장 친한 두 명의 친구 중 하나가 되었다.

다시는 어리다고 말 안 할게. 헉헉헉!

오성륜은 잔인한 사람이 아니라 정열적인 사람이었다.

혈관 속에 뜨거운 피가 흐르지 않는 사람은 테러리스트가 될 수 없다!

그렇지 않다면 희생의 순간에 자기를 잊어버릴 수 있기 때문이야.

김약산은 의열단의 지도자가 되었고

네가 밀정이란 걸 용서할 수 없다!

그리고 오성륜은 때때로 김약산에 반대하여 투쟁했다.

난 자네가 한 결정에 동의할 수 없네…

오성륜이 한 테러 중 굵직한 것으로는 1922년 상하이에서 남작 다나카 기이치 대장의 암살을 기도한 것이었다.

다나카는 일본 제국의 영토 확장 계획의 지도적인 이론가이며 유명한 다나카 각서*를 쓴 사람이었다.

아시아는 하나다!

우리 의열단은 다나카가 배에서 내릴 예정인 황푸탄 부두에 세 명을 배치해 3단계 습격을 준비했지.

* **다나카 각서(상주문)**: 田中上奏文. 1927년에 작성된 것으로 추정되는 일본 제국의 문서로, 일본 제국의 세계 지배 전략이 담겨 있다.

제1선이 피스톨을 가진 나 오성륜…

제2선이 폭탄을 가진 김약산,

제3선이 칼을 가진 이종암이었어. 물론 각자 자위를 위해 권총을 소지하고 있었지.

다나카가 배에서 걸어 내려오고 그가 8미터 거리까지 접근했을 때 총을 쏘았는데

탕
탕
탕

놀란 미국 여인이 돌아서서 다나카를 껴안았지. 내가 연발 사격을 했는데 불행히도 그 여인이 맞았어.

아악!

이때 다나카가 쓰러져서 죽은 척을 한거야.

쉿!

그래서 성공했다고 생각하고 도망쳤는데 김약산이 이것을 보고 폭탄을 던졌지.

그런데 영국인 선원이 그것을 차서 바다에 빠뜨려버렸어.

칼을 가지고는 아무것도 할수 없었던 이종암도 도망쳤지.

그러다가 난 차를 몰고 도망치던 중 영국 경찰에 체포되어 프랑스 측에 인도되고 프랑스 측은 일본영사에게 넘겨주었는데

영사관 3층 감방, 그곳에는 다섯 명의 일본인이 있었는데 그들은 나를 동정하여 탈출을 도와주었어.

우린 무정부주의자들이고 목수요! 우리가 도와드리겠소!

내가 쇠톱을 가지고 있어요!

자물쇠 둘레에 구멍을 뚫으면 열릴 거요!

나와 무정부의자 둘은 문을 열고
건물 담장을 넘어 탈출했지.

그리고 나는 여권을 위조해 독일로 가서
그곳에서 어떤 독일인 아가씨와 사랑에 빠져
1년 동안 그녀의 가족과 함께 살았어.

가지고 있던 돈을 모조리 써버리자 나는 소련
영사를 찾아갔고 영사가 수속을 밟아주더군.
그리고 모스크바로 갔지.

그곳에서 마르크스 이론과 대중투쟁의 전술을
교육받고 사상이 바뀌게 된 거야.

그 후 블라디보스토크를 거쳐 다시 상하이로
돌아왔어.

그리고… 난… 자네를
여기에서 만난 거지! 허허—

저기 봐라! 저 녀석이 저렇게
잘 달리는 건 조금도 이상할 게 없지!
저들은 왜놈의 주구인걸. ㅋㅋㅋ

맞아 낄낄~

뭐야!

너 이 자식 다시 말해봐!

펑!

윽!

우린 함께 싸움에 뛰어들었다. 그 청년의
이름은 김염이었고 나중에 중국 영화계의
왕이라 불리게 된다.

너희들 이게 무슨
짓들이냐! 앙!

난카이대학의 장학생이었던 우리들은
그 청년과 함께 학교를 철수했다.

이들과는 달리 학비와 여비를 마련하기
곤란해진 나는 작은형에게 2년 만에
편지를 썼다.

돈을 훔쳐나온 후 처음으로 가족에게 띄운
편지였다.

그리고 작은형에게 답장이 왔다.

가족들은 내가 몇 년 동안 떠돌아다닌 것을
언짢게 생각했으며 어머니는 결혼을 해야
한다고 고집을 부리셨다.

나는 절대로 결혼하지 않겠다고 맹세했지만 어머니와 형을 기쁘게 해주기 위해 어머니가 점찍어놓은 처녀와 교제하기로 했다.

아… 안녕하세요.

이 아가씨는 신앙심이 대단히 깊은 데다가 예쁘고 영리할 뿐 아니라 상당히 좋은 교육을 받은 사람이었다.

네. 어머님께 말씀 많이 들었어요.

그리고 왠지 모르겠지만 나에게 과분한 존경심을 가지고 있다는 것을 알게 되었다

중국에 다녀오셨다면서요?

나는 이 아가씨가 좋아졌다.

저도 한번 가보고 싶군요.

이 아가씨는 정숙하고 헌신적이었다.

결혼하면 지락 씨의 뒷바라지를 해드리고 싶어요.

나는 그녀와의 결혼을 딱 잘라 거절하지 않았고 그녀도 내가 대학을 마칠 때까지 결혼을 보류하기로 동의했다.

내가 대학을 마칠 때까지 결혼은…

……

어머니는 기뻐서 어쩔 줄 몰라 하셨고 형도
의과대학에 갈 학비를 내주었다.

지락아 내가 학비를 너에게 주는 것은 이리
저리 떠돌아다니는 짓을 그만두어야 한다는
조건이다. 그리고 반드시 졸업을 해라!

네 형님! 훌륭한 의사가 되겠습니다.

형과 약속을 하고 중국 굴지의 국립 베이징
협화의학원에 들어갔다.

의과대학 학과 공부도 열심히 했지만
시간만 있으면 학생운동에 적극 참여했고
정치학과 사회과학도 연구했다.

이따금 결혼을 약속한 그 아가씨에게 편지를
보냈고 정감 넘치는 답장도 받았다.

그러다가 1923년 내 생활을 완전히 혁명운동에 바칠 것이라고 솔직히 고백했다.

난 어떠한 속박에도 벗어 나야하기 때문에 누구와도 결혼할 수 없어요!

아!

나는 돈도 못 벌 것이며, 내 스스로 택한 어려운 생활을 당신이 견뎌내기 힘들 것이오!

그녀는 마음의 상처를 깊이 받은 것 같았고

불과 2년 후에 조선에서 다른 사람과 결혼했다.

안동희 목사 딸로 인해 여자에 대한 관심을 처음으로 갖게 되었고

그 후 여자들과 함께 어울리면 부끄러워 어쩔 줄 몰랐지만 그래도 속으로는 이성에 대해 많은 관심을 가지고 있었다.

과제 했니? 호호

여러분! 일찍 결혼하지 말고 현대적인 남녀공학과 같은 방식으로 아가씨들과 건전하고 자연스러운 우정을 나누어야 하네.

남자들은 여자들의 평등한 지위를 보호하고 지켜주며 여자들이 남자들과 협력하여 모든 활동에 참여하도록 격려해줌으로써 여성 해방을 도와주어야 한다.

나는 안창호의 의견에 찬성했다. 의과대학에는 몇 쌍의 연인들이 있었다.

나는 호기심을 가지고 그들의 연애 과정을 지켜보았는데 그들은 대개 증오와 질투 속에서 헤어져버렸다.

쳇!

흥!

그래서 나는 연애는 무의미하다고 결론지었다.

이 무렵 생리학 연구에 들어갔는데 나는 인간의 욕망과 필요가 같은 것이 아니라는 것을 알게 되었다.

그래!

동물의 경우 욕망과 필요는 동일한 것이지만

인간은 자기의 욕망과 필요를 서로 일치시킬 수 없다.

인간의 본능은 동물의 본능과는 다르다. 인간은 자기 욕망을 통제 할 수있으며

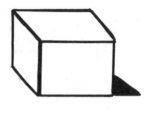

그럼으로써 욕망을 불필요한 것으로 만들 수도 있다고 나는 판단했다.

그래 가두었어!

그래 나는 혁명 사업을 해야지 여자를 돌보며 살 수는 없어!

1923년 나는 결코 결혼하지 않을 것이며 연애의 희생물이 되는 일은 절대로 하지 않겠다고 굳게 결심했다.

그래. 난 결혼하지 않으리라!

그 이후 오랫동안 나는 어떤 아가씨와도 절대로 말을 하지 않았으며

어떤 곳에서도 아가씨들과 접촉을 피했다.

지락... 자네는 중들보다도 더 지독하군!

한때 금강산 승려였던 김충창은 나를 공산주의자로 만든 사람이었다.

왜 참고 있는 건가?

그는 조선 청년들의 생활이 가장 어려웠던 시기, 1922년에서 1925년까지 내 이론 공부를 이끌었다.

혁명이란 말이지...

내가 그를 처음 만났을때 내 나이는 17세였고 그는 27세였다.

자네는 저 아름다운 여인들이 보이지 않는가?

그는 지금도 나와 가장 친한 두 명의 벗이자 동지 중의 한 사람이다. 다른 한 사람은 오성륜이다.

네 보이지 않습니다.

허 쯧쯧—

자네는 금욕주의자야!

후후—

절레 절레

사랑이란 무엇이지요? 사랑이란 단지 자기의 아기를 위해 남의 집 젖먹이의 어머니를 빼앗는 것에 불과해요.

잔인한 남자의 품속에서 여자를 구출해 낸다는 명분 아래 한 사내가 그 여자를 자기의 잔인한 품속으로 끌어들이는 것이지요.

아이고~ 허허 또 톨스토이를 인용하는군. 어느 아가씨에게나 자네는 참으로 멋지고 깨끗한 표적이 될 걸세! 그런데 자네는 아무런 방어 수단도 가지고 있지 못하잖아.

여자들에 대한 유일한 방어 수단은 더 많은 여자를 사귀는 것이라는 걸 모르나?

자네는 단지 자기 자신을 여자가 공격하기 쉽게 만들고 있을 뿐이야!

불쌍하게도 언젠가 자네는 사랑에 빠질 것이네.

그러면 하늘이 무너지는 것 같겠지.

내 생각에는 그렇게 되기 전에 그 이론을 버려야 할 것 같네. 자~ 오늘밤 나와 함께 가세나!

아무튼 하나의 위대한 사랑은 자질구레한 사랑의 잡탕보다는 훌륭합니다.

무릎을 꿇고 살아가기보다는 차라리 죽는 편이 낫습니다.

내가 공산주의자가 되었을 무렵,
조선인의 모든 정치사상에 근본적인
변화가 일어나고 있었다.

1924년은 새로이 소련에 접근하고 있던
쑨원의 지도 아래 중국혁명이 일어나
좌익으로 급선회한 한 해였다.

조선과 중국만이 아니라 일본까지도 붉은 별을
길잡이로 요구하기 시작했다.

중국혁명의 파고는 급속히 높아졌고
쑨원도 소련공산당의 지침에 따라 국민당을
개조하고 소련과 협약을 맺었다.

쑨원은 1925년 베이징에서 사망했지만
광둥은 5·30사건* 이후 새로운 혁명정권의
도시가 되었다.

와아ㅡ

* 5·30사건: 1925년 5월 30일 중국 상하이에서 일어난 반제국주의 민중운동.

소련의 군사고문과 정치고문이 광둥에 도착했고, 황푸군관학교를 세워 혁명 공작을 위한 군 간부를 양성하였으며

봉건 군벌을 타도하기 위한 북벌 준비가 진행되었다.

좌익이건 우익이건 모든 조선인은 중국에서 일어난 이 새로운 물결의 파고가 높아지는 것을 보고 기뻐했다.

이봐! 이건 조국 해방의 첫걸음이야!

하하하 중국이 혁명에 성공하면 드디어 우리 조국이 해방될 수 있다고!

1925년 내가 광저우에 도착했을 때 이른바 중국 대혁명에 뛰어들어 투쟁하기 위해 모여든 조선인은 60명에 불과했고

아!

그 대부분이 의열단의 테러리스트였다.

형님들!

여기서 보게 되는구나.

그러나 1927년까지 800명 이상의 조선인들이 광둥으로 속속 몰려들었다. 우리 조선의 활동적 지도자의 정예가 여기에 다 집결한 것이다.

어디에서 왔소?

만주요!

시베리아에서 왔습니다.

우리들의 평균 나이는 23세였고 일부 중학생들은 열너덧 살밖에 안 되었고 800명 중 가장 나이가 많은 사람도 마흔이 채 안 되었다.

뭐 열다섯이라고 어리군!

?

거의 다 공산주의 사상에 동조하고 있었으며 민족주의자와 공산주의자는 대개 시베리아에서 온 사람이었다.

이 집단은 정치적으로나 지역적으로나 잡다한 단체의 집합체였기 때문에 통일된 지도부를 쉽사리 만들 수가 없었다.

왜 그렇게 정세를 이해하지 못하오!

허 참 우리들 인식이 맞다니까!

중국공산당 측에서는 자기들이 전체를 지도해야 한다고 생각했다.

그렇게 계속 싸울거면 우리가 지도하겠소!!

그래서 나는 광둥에 도착하자마자 분파주의를 없애고 파벌주의를 청산하는 운동을 전개했다.

분파와 대립을 위해 분파를 만드는 어리석음, 그것은 효과적인 공동 행동을 방해하는 것이다.

중앙집권을 이루기 위해 각지에서 온 우리 공산당원 80명이 하나가 되어 K·K(조선인 공산주의)라는 비밀단체를 만들었다.

K·K

광둥으로 온 가장 우수한 조선인 혁명가의 전형적인 인물은 시베리아에서 온 박진 부부와 그의 두 동생이었다.

이 삼 형제는 모두 새까만 눈과 길고 짙은 눈썹을 가지고 있었으며 그들은 북방인답게 모두 풍채가 좋고 몸이 떡 벌어졌다.

나는 박진을 친형처럼 좋아하게 되었고 그도 나에게 전투와 실제 활동에 대해 많은 것을 가르쳐주었다.

연합국 간섭기였던 1919년에서 1921년까지 박진과 그의 동생들은 시베리아의 유격대와 협력하여 백위군, 일본군과 맞서 싸웠다.

소비에트 측은 블라디보스토크를 일곱 차례 점령하고 여섯 차례 후퇴했는데 박진은 일곱 번의 전투에 모두 참가했다.

이거 보이나?

?

1920년에 벌어진 전투에서는 폭탄을 맞고 앞니가 몽땅 부러졌어 그래서 그 뒤로 의치를 끼고 다녀야만 했지.

전쟁 기간 중에 그의 부모님과 할아버지는 추위와 굶주림으로 돌아가셨다고 한다.

아… 아버지… 흑흑—

전쟁이 끝나자 박진과 그의 동생들은 용감하게 싸운 대가로 소비에트 측으로부터 토지를 받았다.

그는 한 여인을 만나 결혼을 했고 첫아이를 얻게 되었다는 생각에 매우 기뻐했다.

날 닮은 아들이었으면 좋겠어. 히히히

형님 닮은 딸이면 어쩝니까.

우리 K·K는 매주 토요일 밤이면 한자리에 모여 다음 날 아침 여덟 시까지 버티고 앉아서 정치 토론을 했다.

분파주의를 극복하자는 선전 문구를 만듭시다.

그렇게 합시다.

좋습니다.

드르렁 드르렁~ 쿨

박진은 언제나 기나긴 토론을 하는 동안 지쳐 떨어져 잠이 들어버렸다.

그러다가 깨어나서는…

저기… 형님!

아함~ 끙!

자기가 잠든 사이에 끝난 논의를 다시 끄집어내어 사람들을 웃기곤 했다.

분파주의를 극복하자는 선전을 해보는 게 어떻겠소?

하하하

호호호 좋은 생각이오! 그렇게 합시다.

네들은 조카 태어나면 뭐해줄 거냐?

형님! 말만 하시오! 하하

열심히 싸워서 조국 해방을 선물해줄게요. 하하

형님네 사람들은 지금이 너무나 행복해 보여요. 지금까지 그렇게 많이 싸워왔는데 이제는 평화로운 생활이 그립지 않습니까?

ㅋㅋㅋ

하하! 조선 혁명이 완성되기 전까지 내게는 평화가 단지 고통일 뿐이야!

투쟁은 삶이지!

소극성은 죽음이고
나는 싸우는 것을 좋아해!

조선인들 사이에는 지도력을 장악하기 위해
싸움이 끊이지 않았다. 하지만 박진은 그런
일에 전혀 관심이 없었다.

흥! 지도권? 그것은 형벌이다!

그러나 그는 일류 지도자였다.

모두 자리를 사수하라!

광둥코뮌 당시 박진은 링난에서 저 용감했던
비운의 대대를 지휘하다가 그곳에서
전사했다.

K·K에 들어온 80명은 각지에서 모인 사람들이었으므로 우리들 사이에는 적도 많았고 경쟁자도 많았다.

어느 날 우리는 내 가까운 친우였던 김이라는 젊은 동지를 잃었다.

아아~ 김 동지!

그는 K·K에게 비밀을 누설했다고 생각한 의용대에 의해 암살당한 것이다.

1925년 용감한 군대라는 의용대는 공산당과 의열단에 대항하기 위해 상하이에서 조직되었다.

우리들은 대략 20여 명의 대원이 광둥에 왔다는 사실을 알았다.

그놈들이 청년연맹의 주요 간부들을 모조리 죽이려는 음모를 꾸미고 있다는 제보요.

아무래도 광둥을 떠나야겠소!

의용대는 나도 제거해버리려고 했다.

끼익
끽
끼익
끼익

며칠 후 열두 시에 의용대원 한 명이 내 방을 찾아왔다.

똑똑똑―

?

나는 방문을 잠그고 없는 척했다.

똑똑―

그는 밖에서 세 시까지 기다리다 가버렸다.

만일 내가 방문을 열었더라면

!

탕

나도 불쌍한 김 동지와 같은 운명에 처했을 것이다.

아아 장 형!

1927년 늦여름에 김충창은 연애에 빠져 헤어나질 못했다.

짹 짹

호르르룩

첫사랑이면서 격심한 연애였다.

상대 아가씨는 중산대학에 다니는 아름다운 광둥 아가씨로 대단히 현대적이었으며 부르주아였다.

김충창은 오성륜과 내가 자기를 배반자로 생각한다고 느끼고 있었지만 그로서는 어쩔 도리가 없었다.

이보게 지락! 자네가 나를 배반자로 생각하고 있다는 거 알아.

자네가 연애를 한다면 나보다 훨씬 더할 걸세. 이전에 중이었던 내가 이게 무슨 꼴인가?

도저히 돌이킬 수가 없단 말이야~

김충창은 전과 다름없이 열심히 활동하고 있었다.

그럼에도 불구하고 그의 반대론자들은 그를 낭만적이라 하여 비난했다.

김충창 그는 낭만에 물들었어. 혁명가에겐 치명적이야!

맞아~!

이봐 혁명가도 남자이고 인간이잖아!

!

어찌 되었든 저들의 연애는 진행될 것이야. 너희들에게 반하는 아가씨가 아무도 없기 때문에 너희들은 모두 질투하고 있는 것이다.

끙~ 쩝!

나는 속으로 김충창의 행복한 연애 사업을 진심으로 부러워했다.

흠...

내 결혼관도 눈에 띄게 변했다.

아가씨만 이상적이라면 연애를 해도 괜찮을까?

나는 광둥에서 의대에 다니는 어느 조선인 여학생에게 독일어를 가르치고 있었다.

이히~

이히—
리베지

그런데 내가 이 아가씨와 사랑에 빠져들고 있다고 김충창과 오성륜이 말했기 때문에

혹시…?

ㅎㅎㅎ

나는 이 수업을 즉시 그만두었다.

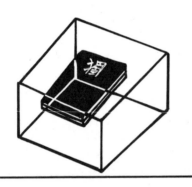

군벌을 타도하기 위한 북벌 전쟁에서 조선인 의용병들은 용감성과 뛰어난 통솔력으로 유명했다.

돌격!

와—

중국 장군들은 누구나 조선인들에게 자기 부대에 들어와달라고 요청했다.

조선인들은 제발 우리 부대로 들어오라!

대부분의 조선인들은 가장 훌륭한 군대였던 장파쿠이의 철기군에 가담했다.

불과 6개월 이내에 양쯔강 유역까지 도달한 북벌군의 승승장구하는 급진격이 한창이었을 때

모든 혁명가들이 느꼈던 환희와 열광은 지금도 생생히 떠오를 정도로 대단했다.

가자 화베이로!

가자 조선으로!

우리의 가슴은 미칠 듯이 기뻐 날뛰었다.

지금 조국과 만주에서 2000만 조선인들이 전 아시아의 자유를 위해 제국주의를 타도하고자 무기를 들고 기다리고 있다.

가자!

우리는 자신 있게 중국인들에게 말했다.

중국의 혁명이 성공하면 조선도 해방될 것입니다.

하오! 그렇소!

그런데,

우익의 장제스가 지도하는 반혁명이 일어나 성공을 뻔히 눈앞에 둔 승리의 문턱에서 국공분열이 일어났다.

중국이 공식적으로 분열되고 혁명은 좌절되었다.

조선, 러시아, 일본 기타 각국과의 혁명적 유대감은 깨졌고 혁명가들도 충격으로 뿔뿔이 흩어지게 되었다.

장제스가 좌익 우한 정부에 대항해 반동적인 난징 정권을 세우자

모든 조선인들은 즉시 우파 세력을 떠나서 좌익을 지원하기 위해 우한으로 달려갔다.

우한 정부가 쓰러진 다음에는 남아 있던 우리 조선인 단체들도 뿔뿔이 흩어졌다.

우리들 100명은 장차 혁명정권의 탈환을 도와주기 위해 광둥에 머물러 있었다.

상하이에 있는 공장 노동자들을 학살하라는 장제스의 명령이 떨어진 지 사흘 뒤인

공산주의자들은 전부 죽여라!

1927년 4월 15일 광둥의 반동분자들이 숙청을 시작했다.

투 탕탕

탕

악

모든 노동자들이 무장해제되고 많은 사람들이 체포되었다.

20여 명의 조선인이 육군 감옥으로 송치 되었는데 광둥코뮌 당시 우리가 감옥 문을 열었을 때는 여섯 명밖에 없었다.

나머지는 모조리 처형된 것이다.

4월18일 나는 한 사건을 목격하고 큰 충격을 받았다.

세 명의 중국 공산청년동맹원이 군중 앞에서 처형된 것이다.

16세 소녀와 21세, 20세 청년이었다.

놈들은 처형장으로 끌고 가기 전에 대중들에게 보여주기 위해 세 사람을 꽁꽁 묶은 채 인력거에 태우고 거리를 돌아다녔다.

인력거 뒤에는 400여 명의 병사들이 뒤따르고 있었다. 나도 그 행렬을 따라갔다.

세 사람 모두 노동자였는데 학생 같았던 뤄류메이라는 소녀는 칠흑 같은 머리를 짧게 자른 무척 예쁜 소녀였다.

일어나라~ 노예들이여!

어려 보이는데 무슨 죄지?

저들이 앞으로 일으킬 총파업에 대한 선전활동을 하고 유인물을 배포했거든…

쯧쯧

거리를 끌려다니면서도 그들은 공산청년 인터내셔널가를 소리 높여 불렀으며 조금도 두려워하지 않았다.

우리는 아무것도 가진 것이 없다 말하지 마라!

수백 명의 군중들이 형장까지 따라갔지만 울고 있는 사람은 나 혼자뿐이었다.

흑흑흑―

경찰이 나를 동조자로 보고 체포하더라도 상관없었다.

사람들은 이 일을 단지 흥밋거리로만 생각
하는 것 같았다.

사형집행하는 데
시간이 얼마나
걸릴까?

몰라 안 죽어봐서.
ㅋㅋㅋ

이렇게 잔혹한 나라에서는 살 수가 없어
절대로 절대로. 이들은 사람도 아니야!

인력거가 멈춘 것은 세 시였다.

무거운 사슬이 벗겨지자 세 사람은 형장을
향해 천천히 걸어갔다.

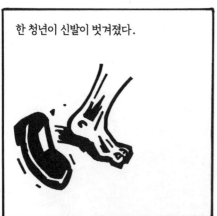

한 청년이 신발이 벗겨졌다.

그러자 그는 굉장히 느린 동작으로
허리를 구부려 신을 고쳐 신는 것이었다.

단 몇 초라도 더 살고 싶어 하는구나.

총살될 지점에 도착해서도 세 사람은 모두 냉정했다.

제국주의와 국민당을 때려 부수자!
중국혁명 만세!
때려잡자 장제…

마지막 구호를 채 끝마치기도 전에 그들은 1.5미터도 떨어지지 않은 곳에서 쏜 총에 맞아 죽었다.

나는 시체가 있는 곳으로 뛰어올라 갔다.

아아아~!

이 용감한 젊은이들의 멍한 눈동자에는
눈물이 맺혀 있었다.

나는 잠깐 동안 그곳에 멈춰 서서 그들을
향해 나지막이 중얼거렸다.

내… 내가 여러분들의
마지막 말을 끝맺겠소.

때려잡자 장제스!!

공개적인 광장에서 처형된 사람은 세 명뿐이
었지만 그밖에 수많은 사람들이 비밀리에
살해되었다.

4월15일부터 12월의 광둥코뮌때까지 중산
대학에서만도 200여 명의 학생들이 처형
되었다고 한다.

쏴라!

아악!

탕탕탕

광둥은 1926년 이래 리지천 장군이 지배하고 있었다.

그러나 지금 장파쿠이 장군이 이 도시에 들어와서 리지천을 권좌에서 몰아내려고 계획하고 있었다.

11월7일 장파쿠이가 불의의 일격을 가하여 양군 사이에는 곧 내전이 일어날 기미가 보였다.

크르르릉—

크릉—

공산당은 양군의 분열 상태를 틈타서 가능한 한 빨리 폭동을 일으키기로 결정했다.

지금이 기회야!

광둥에 있는 200명가량의 조선인이 모조리 코뮌 봉기에 참가했다.

1927년 12월10일 저녁은 내 일생에서 가장 많은 일들이 벌어진 날 가운데 하나였다. 내 조그마한 여관방에서 우리들 20여 명의 조선인은 비밀 집회를 가졌다.

바야흐로 막 일어나려고 하는 대규모 대중 투쟁에 대해 우리는 기뻐서 어쩔 줄 몰라 했으며 한껏 기대에 부풀어 있었다.

잘될까?

일단 권력을 장악하고 그것을 유지하는 게 필요하지! 그러자면…

철컥 철컥

앞으로 몇 시간 안에 우리 중의 누군가가 죽을지도 모른다는 것에 대해서는 아무 말도 하지 않았다.

오로지 어떻게 하면 적을 때려 부술 수 있겠는가 하는 것만 이야기했다.

성공하면 조국이 해방될 수 있어!

조국을 생각할 때면 우리의 가슴은 미래로 치달았다.

조국…!

이 전쟁은 동시에 우리의 조국을 방어하는 것이다!

오성륜과 나 그리고 양달부라는 조선인 대포 전문가는 봉기의 첫 본부로 사용하기로 되어 있던 교도단 사령부를 향해 출발했다.

사령부 안에 들어가 보니 봉기의 지도자들이 이제 막 도착한 참이었다.

벌써 시작했군!

대략 2000명에 가까운 사관 후보생들이 빙 둘러 모여 끼리끼리 대화를 나누면서 행동 개시 신호를 기다리고 있었다.

20~30명의 우익분자들은 이미 재갈을 물리고 묶어서 보초의 감시하에 한방에 가두었다.

우리는 곧 박 씨 삼 형제를 비롯한 67명의 조선인 동지들에게 둘러 싸였다.

박진 형님!

왔구먼, 지락!

이 역사적인 순간이 너무나 감개무량했고 기쁜 나머지 목이 메었다.

내가 여기서 빠지면 섭하지 허허!

동지, 여러분!

장타이레이*다!

오늘 밤 우리는 지나간 역사에 종지부를 찍을 것입니다.

그리고 우리는 우리 앞길에 놓여 있는 마지막 빙산을 정복하는 것입니다.

* **장타이레이**: 張太雷·장태뢰. 중국공산당 초기 지도자로 광둥에서 혁명군을 총지휘했다.

예융이 교도단의 새로운 사령으로 뽑혔고 모스크바 적군대학을 졸업한 조선인 이영이 예융의 참모장에 임명되었다.

모든 활동 부문에서 조선인은 책임 있는 지위에 배치되었다.

왜냐하면 조선인은 경험이 풍부했으며 모스크바에서 훌륭한 정치 군사훈련을 받은 사람이 많았기 때문이다.

교도단의 이름은 적군으로 개칭되었고 여러 개의 대형 적기를 봉기 기간 내내 게양했다.

이윽고 예팅이 명령을 내렸다.

먼저 적의 사령부 병기고 포대를 점령하고…

성안 여러 곳을 경비하고 있는 부대를 무장해제시키고 경찰서를 점령하라!

성안의 적병이 우리보다 훨씬 많아
그리고 주장강 맞은편에 리푸린의
7개 연대가 있어!

그런데 우리의 주력군이라고 해봐야
교도단 2000명과 지원한 노동자 2000명
뿐이었다.

농민 부대는 언제오지?

정적이 우리를 휩싸고 있었다.

휴~

공장 노동자들이 왔다!

잠시 후 정문 쪽에서 수많은 트럭과
자동차 소리가 들려왔다.

우리는 장파쿠이와 그의 참모들을
체포하러 간다. 트럭에 타자!

부르릉—

우리들은 사령부를 기습했지만

타 타 탕

정작 장파쿠이는 잠옷을 입은 채 링난대학으로 빠져나가 그곳에서 주장강을 건너 리푸린의 진지로 도망쳐버렸다.

자, 이제 우리는 10리쯤 떨어져 있는 커다란 포대가 있는 사허를 점령한다!

양달부는 조선인으로서 모스크바에서 학교를 다닌 훌륭한 군인이기도 했고 유명한 포술 전문가였다.

저분은 다른 중국인 사령관들조차 대단히 존경하는 분이지.

600미터 전방에서 차를 세우고 그곳에서부터 총검을 겨누고 도보로 전진했다.

우리는 공격 지점을 포위하고 거의 모든 문과 방을 지켜 섰다.

명령을 내리기 전에는 아무도 쏘아서는 안 된다!

곧 명령이 내려졌고 우리는 발사했다.

적병 30명을 사살했고 포대의 적병들이 응전해왔지만 우리는 아무런 피해도 입지 않았다.

이윽고 적진의 지휘관이 나타났다.

쏴봐야 소용없어 기다려!!

응? 저 녀석은…

양달부가 그 지휘관을 잘 알고 있어서 그와 이야기를 나누었다.

이 지휘관은 감금되었고 그의 부하들은 무장해제되었다.

노획한 소총은 자동차에 싣고 대포는 분해해서 이동시켜라!

포로들을 지키는 데는 50명이면 충분하다. 나머지 사람들은 급히 성내로 돌아가서 장파쿠이 사령부의 점령을 도와주어야 한다.

시간이 없어!

부앙

한 대의 소형 자동차를 타고 우리 셋은 성안으로 급히 들어갔다.

새벽 네 시. 간간이 총성이 울렸지만 성내는 대체로 정적에 싸여 있었다.

우리가 보고하러 혁명위원회 사령부에 도착하니 예팅과 독일인 공산주의자 하이츠 노먼도 있었다.

노먼은 코뮌에 참가한 유일한 서양인이었다. 소련영사는 전혀 참가하지 않았다.

공안국(경찰서)은 이미 점령되어 혁명위원회 사령부로 바뀌었다.

이곳에서는 노동자들이 대활약을 하여 경찰을 누르고 하나하나 무장해제시키고 있었다.

우리의 보고에 따라 커다란 상황판에 점령 지점이 표시되어갔다.

다섯 시에 그들이 도착해서 거리에 주저 앉았고 대포도 뒤따라 도착했다.

와! 마침내 우리도 대포를 가지게 되었다! 하하—

양달부는 포로들과 이야기를 나누었다.

어이~내 얼굴을 알고 있느냐?

그리고 그는 전부터 알고 있던 믿을 만한 병사 200명을 뽑아 내었다.

어떻게 할 건가? 결정해라!

그들은 총과 탄약을 지급받고 봉기에 가담하기로 했다.

가자!

그러고 나서 우리는 적 제12사단이 수비 하고 있는 장파쿠이의 사령부를 향해 차를 몰았다.

저 안에는 체코슬로바키아에서 독일 배로 방금 실어온 좋은 새 총이 많이 있어.

이곳을 재빨리 점령해 그것을 손에 넣어야 해!

우리는 돌격을 하여 그곳을 점령하려고 했다.

그러나 수비가 견고하여 노상에서 몇 명의 우리 편을 잃고 후퇴하지 않으면 안 되었다.

윽! 지원을 요청 하러 가자!

거리 모퉁이를 돌아서자마자 재차 무장한 아군 보충병 200명이 명령을 기다리고 있었다.

여러분들은 지금 전투에 참가하기를 원하는가?

예!

우리는 여러분 200명 모두가 지원하기를 바라고 있다! 그러나 나머지 사람들에게 지급할 총이 부족하다.

총을 뺏기만 한다면 너희 연대도 우리와 함께 싸울 수가 있다. 총을 탈취할 수 있도록 도와주기 바란다.

200명의 포로 중 나머지는 부근에 있는 또 다른 거리에서 기다리고 있다가 함께 싸우자!

예!

이크!

총알을 막기 위해 차창에 쌀 포대를 대고 우리는 12사단과의 교전장으로 돌아갔다.

돌격!

적은 문에서부터 총을 쏘았다. 그 때문에 양달부와 나는 입구에서 오도 가도 못 했다.

젠장!

안 되겠다!

그리고 적이 맨 위층에서 폭탄을 집어던지기 시작했기 때문에 우리는 곧 위험한 상태에 빠졌다.

대포 한 문과 포탄 다섯 발을 가지고 갔다.

젠장 아무것도 안 보이는데 안 다치게 어떻게 쏘나.

거리 끝에 있는 우리 편이 포사격에 맞지 않도록 그곳을 떠나라고 해라!

네!

날이 밝으니 적 사령부가 확연히 보인다!

그래도 리지천의 저택과 사령부만을 공격하는 것은 도저히 불가능해!

독일인 하이츠 노먼과 이 문제를 논의했다. 그리고 결정을 내렸다.

다른 집들은 개의치 말고 쏴라!

운 좋게도 양달부의 첫 포탄이 리지천 저택의
맨 위층을 날려버려 12사단에 대한 포탄
사격을 가로막는 장애물은 깨끗이 없어졌다.

두 번째 사격은 12사단을
아슬아슬하게 빗나갔고

세 번째는 12사단 사령부 2층을 정확히
강타했다.

혁명군은 성안의 주요 지점을 완전히
장악했다.

목격자

아홉 시에 소비에트 정부를 선출하기 위해 약 3만 명이 운집한 대중 집회가 열렸다.

이것은 최후의 투쟁! 단결하여 내일로 나아가자!

때려잡자 장제스!

이곳에 모인 사람들은 대부분 노동자들이었는데 학생, 상인들도 있었다.

내가 죽은 사람들에게 한 맹세가 이루어진 것이다.

와, 와, 와

이 집회에서 소비에트의 집행부로 11명의 위원이 선출되었다.

농민에게 땅을!

가난한 민중과 노동자에게 식량을!

병사들에게 평화를!

짝- 짝

짝

짝

짝-

대중 집회가 끝난 뒤 나는 노동자·농민무장부의 임무를 수행하면서 무기를 분배하는 책임을 맡았는데 조선인은 나 혼자였다.

총은 모두 적한테서 탈취해야만 했다.

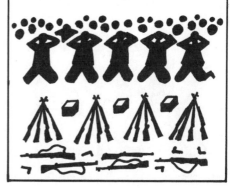

그래서 3일 동안 겨우 4000정만 분배해줄 수밖에 없었다.

이것으로는 부족했지만 새 병기가 보관되어 있는 12사단 사령부를 점령하지 못했기 때문에 더는 손에 넣을 수 없었다.

대중 집회 이후에는 무기를 얻기 위해 수백 명이 정부로 몰려왔다.

총을 주시오!

어떤 사람들은 총을 새로운 재산으로 생각해 잽싸게 집어서 코뮌을 지키는 데 사용하지 않고 집으로 가져가 보관하기도 했다.

헤헤

최초의 행동이 끝나고 평화와 질서가
회복되자

노동자들이 보기에는 더는 해야 할 일이
아무것도 없는 것 같았다.

그래서 그들 대부분은 자기 집으로 돌아갔다.

이것은 자연발생적인 대중으로 이루어진
부대가 공통으로 경험하는 실패다.

적이 아무도 모르게 들어와 도시를 탈환
하려고 근처에서 기회를 엿보고 있다는
사실을

그들은 잊었던 것이다.

만일 적을 깨부수지 않는다면 적이 우리를
섬멸할 것이다.

실패는 참가자 모두의 죽음을 의미한다.

이것이 코뮌의 실책이었다.

11일 아침, 노동자들에게 시민을 한 사람도
죽이지 말 것을 명령했다.

반동분자들은 체포하여
재판에 회부하라!

코뮌 전 기간에 혁명군에게 살해된 사람은
100명도 채 안 되었다. 가장 악질적인 반동분자
30명만이 혁명위원회 앞으로 보내져 재판을
받고 처형되었을 뿐이다.

일부 상인들과 부자들은 자기들이 학대했던
노동자들에게 체포되기는 했지만 한 명도
살해되지 않았다.

시가전 때 세 명의 부인이 죽었을 뿐이다.

나는 누더기를 걸친 조그마한 소년이 죽은 여인 중 한 사람의 머리를 돌로 짓이기는 것을 보았다.

그 꼬마는 아마도 하인이고 그 여자는 잔인한 여주인이었을 것이다.

만일 노동자들이 규율을 지키지 않았더라면 쉽사리 자기네 적들을 제거해버릴 수 있었을 것이다.

그러나 노동자들은 개인적으로 사람을 죽이지 말라는 명령을 지켰다.

이러한 관용과 규율을 3일 후 거의 7000명 가까이 살해한 반동군이 저지른 야수 같은 대학살과 대조해보라.

혁명군이 패권을 장악하고 있던 전 기간에 도시는 평온하고 조용했다.

13일에 우리가 후퇴할 당시 공안국에는 겨우 60명의 죄수가 갇혀 있었고 한 사람도 학대를 받은 적이 없었다.

그런데 이들은 석방되자마자 무기를 들고 거리로 뛰쳐나가 가난한 사람들을 닥치는 대로 죽였다.

코뮌 기간에 학생 투쟁은 없었고 사실상 학생들은 대중운동에도 무장투쟁에도 참가하지 않았다.

다만 장식용으로 총을 들고 거리를 돌아다닌 학생들이 약간 있었을 뿐이었다.

일반적으로 중국의 지식인들은 전투가 끝난 다음에는 앞날을 고려해 몸을 사린다.

일단 상황을 지켜 보는 게 좋겠어!

그래. 맞아!

그래서 약 50명의 공산청년동맹원 지식인들이 무기를 얻으러 왔을 때 나는 장타이레이에게 말했다.

총을 장식용으로 들고 다니는 이런 녀석들에게 총을 줘봤자 아무 소용이 없습니다.

진정한 전사에게만 총을 줘야 합니다.

그들은 일반인을 체포하는 일조차 제대로 못했고 가장 멍청한 방식으로 자신을 위험에 노출시켰다.

백… 백군이다!

며칠 뒤 반동군이 쳐들어왔을 때 그들은 집으로 뛰쳐들어가 숨었다가 쉽사리 포위되어 사살당했다.

병사는 항상 야외로 뛰어 도망가야 살아남을 수 있었다.

코뮌 내에서 전투에 가담한 여자는 한 명도 없었지만 대신 간호사들이 맹활약을 했다.

11일 저녁때까지는 밥 먹을 시간도 없이 바빴다.

그날 밤에 나는 양달부, 오성륜과 함께 공안국으로 가서 커다란 술단지를 찾아내고 닭을 잡아먹었다.

......

12일 사령부에 가서 상황판을 보고 상황이 하나도 변하지 않은 것을 알았다.

12사단은 아직도 점령하지 못했다.

235

그 평온했던 어느 날 하루 종일 모든 집들이 문을 닫았고 조그마한 음식점만 열려 있었다.

나는 내 부서에서 임무를 수행했지만 이미 총을 모조리 나눠줘서 할 일이 없었다.

커다란 상점에서 코닥 카메라가 눈에 띄자 갑자기 코뮌을 기념하려면 사진이 필요하다는 것을 깨달았다.

그래서 상점에 들어가 사진을 찍었는데

나중에 이 사진을 현상하지 못하고 모조리 잃어버렸다.

그날 저녁에 양달부와 오성륜 그리고 나는 한 대의 자동차를 타고 보초의 수하에 응답하면서 성내의 여러 곳을 둘러보았다.

아무런 진전이 보이지 않아!
심지어 코뮌이 실패했을 때를 대비해
아무런 후퇴 준비도 세우지 않고 있어.

걱정 마시오! 혁명은
성공할 것이오!

아니… 우리 조선 사람들은 모조리
죽고 말 거야. 우리들은 열정적이어서
모든 것을 희생할 각오가 되어 있지.

앞으로 전진하는 법만 알지
후퇴하는 법을 몰라!

우리 조선인 사상자와
부상자는 얼마나 되지요?

 · · · · ·

우리들 중에서 가장 뛰어난 당원이었던
인민이 죽었다.

잠깐씩 책상에 엎드려 눈 붙인 것 빼고는 우리는 13일까지 한잠도 못 잤으며 점차 신경이 예민해지고 있었다.

그렇지 않아~

봉기는 실패할 거야!

당시 공산당은 아주 빈약한 조직밖에 없었고 집회나 시위를 하지도 않았다.

막상 후퇴하게 되었을 때 급격히 무너진 것은 바로 그 때문이었다.

아 그렇다면 누가 남고 누가 떠나야 할지 결정하자!

실패하리라는 느낌이 뭉게뭉게 피어올랐다.

실패한다면 양달부와 오성륜 그리고 나는 군대와 함께 가겠어요.

모두 72열사 기념탑이 있는 황화강으로 가시오!

지금 리푸린을 돕기 위해 영국 군함이 사격 준비를 하고 있으며 일본군도 이 도시에 상륙했다고 해!

빨리 조선인 동지들에게 알립시다!

충창 동지! 충창 동지!

충창 동지! 저와 함께 교도단을 따라 도시 밖으로 나갑시다.

아... 아니야!

그러지 말고 나와 함께 내 애인 집에 숨어 있자! 가든 남든 어쨌든 우리는 죽을 수밖에 없지 않나?

………

김 형! 시간이 없네.

그는 헤어지는 것을 나만큼 섭섭하게 생각하지 않는다는 것을 알았고 그래서 우리는 마음이 무거웠다.

그와 헤어질 때 나는 이렇게 말했다.

당신에게는 아직 연인이 있군요…

72열사 기념탑 앞 수많은 자동차들이 줄지어 서서 사람들을 태우고 있었다.

주요한 지휘자들은 한 사람도 없었다.

일곱 시에 우리는 교도관과 함께 타이구린산으로 행군했다.

광둥 사람은 중국인 중에서도 아주 특이한 종자들이다. 여인들조차 성격이 괄괄하다.

농부들은 누구나 총을 즐겨잡으며 총을 얻기 위해서는 살인도 주저하지 않는다.

남녀 모두 총을 손에 넣으려고 식칼을 들고 낙오병들을 습격하기 때문에 행군 대열에서 처지는 것은 위험했다.

14일 밤 화현에 도착했다.

이곳에 머물며 광둥성 위원회로부터 명령을 기다려야 하며 우리는 광둥을 재차 탈환할 것이오!

우리는 현 정부의 뜰 안에서 잠을 잤다.

탕 탕

담장 밖에는 민단이 쏘아대는 총소리가 들려왔다.

그런데 위원회에서는 아무런 지령도 없었다.

위원회로부터 아무런 연락이 없었으므로 하이루펑 소비에트로 가기로 했다.

어려운 행군을 하는 동안 우리는 지쳐서 상당수가 축 늘어져버렸다.

젠장, 도대체 왜 위원회에서는 지령을 내려주지 않는 거지?

헉헉헉

그러나 하이루펑이 가까워 지자 다시 사기가 높아졌다.

얼마 안 남았다.

자, 동지들 힘을 내자!

12월14일 광저우를 떠나 1월7일에 하이루펑에 도착했다.

수천 명의 하이루펑 소비에트 민중이 수백 리나 걸어 나와 우리를 반가이 맞아주었다.

하이루펑에 오신 걸 열렬히 환영합니다!

………

그러면 광둥에서는 무슨 일이
벌어지고 있을까?

나는 한 달이 지날 때까지 그 전모를
알지 못했다.

그러나 조선인들은 박명한 코뮌의 마지막
모습을 정확히 기억하고 있었다.

조선인들은 돈이 한 푼도 없고 빌릴 데도
없어서 도망갈 수가 없었기 때문이다.

탕
탕
탕-

살해되지 않은 사람들은 그 사건의
목격자가 되었다.

백군은 13일부터 도시를 점령하기 시작했다.

죽여라!

노동자들은 아무런 희망도 없이 소집단으로 나뉘어 전신주에 숨어서 싸웠다.

백군 병사들이 이리저리 쫓겨 다니는 노동자들을 죽일 때 부르주아들이 문 뒤에서 튀어나와 박수갈채를 보냈다.

와 잘한다 죽여라!

만일 총을 버리면 몸을 추스를 사이도 없이 살해된다는 것을 알고 있었기 때문에

노동자들은 마지막 순간까지 용감하게 싸웠다.

시체는 모아져서 자동차에 실려간 뒤
주장강에 던져졌다.

12월13일부터 18일까지 백군은 총 7000명
가까운 사람을 닥치는 대로 죽였다.

국민당 놈들은 군인이건 민간인이건 도무지
가리질 않았다. 인력거꾼도 2000명이나
살해되었다.

가장 비극적인 실수는 링난대학에서 일어났다.

13일 밤 교도단이 72열사 기념탑에 있는 곳으
로 철퇴하면서 링난에 있던 200명의 전우들에
게 철퇴 명령을 내리는 것을 잊어버렸다.

교도단의 이런 실수는 어마어마한 것이었다

뭐… 뭐라구요 동지들에게
연락하지 않았다구요?

그때의 상황을 나에게 들려준 한 소년을 제외한
우리 편 전사 200명이 전멸한 것이다.

박진 형님!

아아아

박진은 링난의 조선인 파견대 지휘를
담당하고 있었는데, 철퇴 명령을 전혀
받지 못했다.

연락이 오기 전까지
끝까지 자리를 사수하라!

그는 조선인들에게 진지 사수 명령을 내렸고
박진은 이 전투에서 장렬히 전사했다.

1929년 가을에 나는 장렬하게 최후를 마친
링난의 200명 전사 가운데 유일한 생존자인
안청이라는 한 조선 소년을 만났다.

흑흑—

두 볼을 눈물로 적시면서 그 소년은 다음과
같은 사연을 나에게 들려주었다.

17일 저는 다른 조선 사람들과 함께
링난에서 체포되었습니다.

우리 조선 동포 50여 명과 20~30명의 중국 동지들은 결박당한 채 적군 사령부로 끌려 갔지요.

우리는 그물에 걸린 물고기처럼 밧줄에 줄줄이 묶여 있었습니다.

중국 사람들은 한방에 몽땅 쓸어 넣고 우리 조선 사람들 50여 명은 다른 방에 가두었습니다.

국민당 지휘관이 부하들에게 명령하는 소리가 문밖에서 들려왔습니다.

한 명도 남기지 말고 모두 죽여라!

그러나 병사들이 움직이려 하지 않자 지휘관은 노발대발했습니다.

이 자식들!

내 손으로 저놈들을 몽땅 해치워버리겠다. 가서 기관총을 가져와라!

덜덜덜~

네 포승이 풀려 있어
넌 도망칠 수
있을 거야!

마침 그때 제 곁에 있던 한 포로가 낮은
목소리로 일러주었어요.

저는 그때까지도 제 손을 묶고 있던 밧줄이
느슨해진 것을 알아차리지 못했습니다.

저는 어렵잖게 손에 묶인 포승을 풀었는데

마침 감방 위 높은 곳에 뚫려있는 창문에 달린
긴 밧줄 하나가 눈에 띄었어요.

저는 재빨리 그 밧줄에 매달려 기어오르기
시작했지요.

포승에 묶인 다른 동지들은 숨을 죽이고 저를 지켜보며

잘한다!

격려의 미소를 보냈습니다.

그래 그래…

지붕 위에 오르자 저는 납작 엎드려 몸을 숨겼습니다만 기진맥진해서

그 자리에서 그만 까무라치고 말았습니다.

사실 12일부터 17일까지 아무것도 먹지 못했으니까요.

철컥―

이윽고 요란한 기관총 소리와 함께

조선 동지들의 애처로운 죽음의 절규와 비명이 들려왔어요.

그 소리에 소스라쳐 놀란 저는 어렴풋이 정신이 들기 시작했습니다.

병사들이 물러가자 부상자들의 신음이 들려왔습니다.

으어어어억~아파

쿨럭쿨럭—

박... 박 동지 어딨소?

아아아~

뛰어난 조선 지도자들을 헛되이 희생시키면서 최후의 순간까지 충실했다고…

어머니를 부르는 나이 어린 소년들의 애처로운
비명도 들려왔습니다.

어머니… 엄니… 크 흑

어무이~!

그때 몇몇 중국인이 방으로 들어와 무슨 말을
하는 것이었습니다.

이어서 몇 마디를 하고

날카로운 비명이 들려온 후

주위는 다시 물을 뿌린 듯
조용해졌습니다.

분명 병사 놈들이 아직 숨이 붙어 있는 동지
들을 처리하기 위해 칼질을 한 것이라
생각했지요.

다른 방에 있던 중국 사람들도 뜰에 끌려 나가 그 지휘관의 기관총에 전원이 학살당하고 말았습니다.

타타타

밤이 되어 사방이 어두워지자 저는 밖으로 나왔어요.

온몸에 흙칠을 하고 거지로 가장했습니다.

중국말에 능숙하지 못해 벙어리 행세를 했어요.

워우 우어

그리고 일본 기선에 밀항하여 광둥을 빠져나올 수 있었어요.

18일에 백군 병사들이 소련영사관을 포위하고 영사와 부영사 부부 세 어린 자식들을 붙잡았다.

그리고 다음 날 아침 부영사를 데리고 나가 처형했다.

그의 시체는 3일 동안 거리에 방치되었고

그의 등에는 로스케 비적이란 문구가 걸려 있었다.

소련 측은 대부분의 책임이 영국에 있다고 믿고 영국 정부에 항의했으며 중국과 외교관계를 끊어버렸다.

조선에는 민요가 하나 있어요.

그것은 고통받는 민중들의 뜨거운 가슴에서 우러나온 아름다운 옛 노래지요.

심금을 울리는 아름다운 선율에는 슬픔이 담겨 있듯이 이것도 슬픈 노래예요.

조선이 그렇게 오랫동안 비극적이었듯이

이 노래는 300년 동안이나 모든 조선 사람들에게 애창되어왔습니다.

서울 근처에는 아리랑 고개라는 고개가 있지요.

이 고개 꼭대기에는 커다란 소나무가
우뚝 솟아 있습니다.

조선왕조의 압정하에서 이 소나무는 수백 년
동안이나 사형대로 사용되었지요.

수만 명의 죄수가 이 노송의 옹이진 가지에
목이 매여 죽었습니다.

그리고 시체는 옆에 있는 벼랑으로 던져졌지요.

그중에는 산적도 있었고 일반 죄수도 있었고
정부를 비판한 학자도 있었고

조선 왕족의 적들도 있었고
반역자도 있었습니다.

하지만 대다수는 압제에 대항해 봉기한 빈농이거나

학정과 부정에 대항해 싸운 청년 반역자들이었습니다.

이런 젊은이 중의 한 명이 옥중에서 노래를 한 곡 만들었다고 해요.

아~아~

무거운 발걸음을 끌고 천천히 아리랑 고개를 올라가면서 이 노래를 불렀습니다.

아리랑~ 아리랑~

이 노래가 민중에게 알려진 뒤부터 사형선고를 받은 사람이면

아라리요~

누구나 이 노래를 부르면서 자신의 즐거움과 슬픔에 이별을 고하게 되었습니다.

나를 버리고 가시는 님은…

십 리도 못 가서 발병 난다.

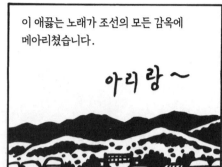

이 애끓는 노래가 조선의 모든 감옥에 메아리쳤습니다.

아리랑~

이윽고 죽기 전에 마지막으로 이 노래를 부를 수 있는 최후의 권리는…

누구도 감히 부정할 수 없게 되었습니다.

아리랑은 이 나라의 비극의 상징이 되었어요.

이 노래의 내용은 끊임없이 어려움을 뛰어넘고 또 뛰어넘더라도

하지만 마지막 한 구절은
아직 만들어지지 않았습니다.

수많은 사람이 죽었으며 더욱 많은 사람이
압록강을 건너 유랑하고 있습니다.

그렇지만…

머지않은 장래에…

우리는 돌아가게 될 것입니다.

광동을 빠져나온 우리들은 하이루펑 소비에트가 번창하고 있는 것을 보고 벅차오르는 감격과 흥분을 느꼈다.

저것 봐. 대단하지 않아!

우리는 광저우를 잃었다.

그러나 이곳 농촌 지방에서는 승리가 우리의 것이리라.

소비에트 지역은 하이펑과 루펑의 두 현을 합쳐서 하이루펑이라 부르는 전 지역과 후이라이와 푸닝의 일부 지역을 포함하고 있었다.

우리들 조선인 열다섯 명은 보고 듣는 모든 것에 크나큰 관심을 가졌다.

와, 언젠가는 우리도 조국으로 돌아가 이런 운동을 이끌겠어.

인근 농민들이 와서 새로운 소비에트 사회를 구경하고는 자기네들 마을로 돌아가서 무장 투쟁을 조직하기도 했다.

동지들 잘 배우고 갑니다.

꼭 승리하시오!

하이루펑 사람들은 조선인들이 자기네들과 함께 싸운 사실에 경탄했다.

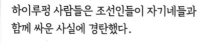

와, 조선인들이라구요? 대단합니다. 하하

우리가 도착한 이튿날 대규모 조선인 동지 환영회가 열렸다.

교도단은 다시 전선으로 떠나고 나와 오성륜은 후방에 남아 학생들을 가르치는 일을 했다.

코민테른의 역사에 대해 설명하겠다.

그때 펑파이와 친해졌는데

장 동지! 하이루펑 혁명재판소의 7인위원회에서 일해주시오.

장 동지가 외국인이기 때문에 다른 사람보다 더 객관적이고 공정하며 지역감정이나 현지의 계급적 증오 따위의 영향을 받지 않고 재판하리라 믿소!

나는 어쩐지 이 일이 마음에 내키지 않아서 경제위원회 쪽으로 빠져나가려고 했다.

죄송하지만 다른 자리에서 일하고 싶습니다.

그래서 2주일 후에는 그들도 나를 놓아주었다.

재판소에서 사형선고를 내린 것은 겨우 네 명 뿐이었지만,

그 체험은 나의 용기를 잃게 하는 것이었다.

그중 한 명은 퍽 총명해 보이는 청년이었는데 농부들에게 끌려왔다.

그 청년에게는 불리한 증거가 하나도 없었다.

나는 명랑하고 순진무구해 보이는 그의
생김새가 마음에 들어서

내 생각으로는 이 사람한테는 아무 죄도
없으며 필경 자기 아버지에 반대해 기꺼이
혁명에 참가할 것 같소!

자네도 저 청년만큼이나
어리고 순진하군.

……?

계급적 정의란 개인적인 것이 아니라
내전의 필수적인 수단이야.

의심 나는 경우에는
보다 적게 죽이는 것이 아니라
보다 많이 죽여여 해.

자네는 지주들이 지배했던
하이루펑의 실정과 그들이 자행한
잔인한 짓거리들을 모르고 있어.

농민의 행위는 지주들이 한 짓거리의 100분의 1도 안 되네. 지주들에 비하면 농민들은 아주 극소수밖에 죽이지 않았지.

자기를 방어하려면 무엇이 필요한지 농민들은 알고 있네.

만일 저들의 계급적 적을 혼쭐 내지 않으면 농민들은 사기를 잃을 것이고 혁명의 성공에도 의심을 품게 될 것이네.

이것은 그들의 의무이자 자네의 임무이기도 하다는 사실을 알아야 해!

이 청년이 형장으로 끌려갈 때 그의 어머니와 누이동생이 양쪽에서 팔을 붙잡고 함께 걸으며 그를 위로했다.

나는 광저우에서 목격한 세 명의 젊은 공산청년동맹원들의 일을 회상하며 논리적으로 확연히

이것이 유일하게 비개인적인 계급적 정의라고 깨닫게 되었다.

하지만 기독교와 톨스토이의 인도주의적 훈련의 영향이 강하게 남아 있었기 때문에

매번 나는 침울한 기분이었다.

나머지 세 명의 경우는 사형선고를 내리기가 그다지 어렵지 않았다.

그들은 오래전부터 잔인한 짓거리를 계속해온 지주들이었다.

하지만 나는 즉각 사형을 선고하기가 어려웠다.

유죄인가 무죄인가 다수결로 정하시오!

이자가 우리 아들을 상자에 넣고 톱으로 썰었소!

피고! 농민들의 고소에 대해 할 말이 있는가?

그는 고개를 숙인 채 아무 말이 없었다. 회의는 이구동성으로 그자의 유죄를 결정했다.

유죄!

얼굴을 빤히 쳐다보면서 어떻게 판결을 할 것인가?

나에게는 매우 난처한 일이었지만 현지의 사람들에게는 그렇지도 않았다.

하이루펑에서 몇 개월 있는 동안에 나는 사형수 목록을 여럿 보았다.

명부에 오른 이름들이 펜대 하나로 너무나 간단히 체크되거나 지워지는 것을 보고 깜짝 놀랐지만, 이런 일은 국민당이 훨씬 더 잔혹했다.

양자의 차이는 국민당이 중국 인민 가운데서도 가장 훌륭하고 가장 용감한 사람들, 사회적으로는 촉망받는 사람들을 죽이는 데 반해

혁명가들은 타락분자와 기생분자 사회적으로 유해한 자들을 죽인다는 데 있었다.

하이루펑의 홍군은 그래도 인도적이어서 가능한 한 친절하게 대하고 총살해버리는 것이 그만이었지만

지주 밑에서 학대에 시달리고 고문으로 고통받아온 지방 농민들은 계급적인 죄인에 대해 결코 친절이라는 선심을 베풀지 않지.

271

그들은 귀를 잘라내고

눈알을 뽑고

나무 위에 달아매는 방법을 더 좋아했다.

한번은 쯔진이라는 거리를 농민들이 거의
한 달 동안이나 포위한 후에 우리들이 점령하여
읍장과 총장회의 우두머리, 교육기관의 우두
머리들을 체포한 일이 있었다.

흥, 너희 농민 따윈 나를 죽일 수 없어!

읍장은 군인으로 제 딴에는 용맹과
자존심을 내세웠다.

어림없지. 홍군만이 나를 죽일
권리를 가지고 있어.

이보시오! 홍군 병사들이여
나를 어서 총살시켜주시오!

그는 농민들의 손에 고문당할까 두려웠던 것이다.

나를 죽여주시오 어서!

사단장님. 죄인들을 우리들이 총살시키는 게 어떻겠습니까?

아니오. 절대 안 되는 일이오! 농민들은 이런 자들을 처단하기 위해 한 달 동안이나 싸워왔소.

이자들은 인민의 죄인들이니 농민들이 하고 싶은 대로 놔두어 정의를 보여주어야 하는 것이오.

이 한 달 동안에 얼마나 많은 농민들이 그 인간 백정들에게 살해당했는지 당신은 상상도 못 할 거요.

살려줘~

만일 진짜 고문이 어떤 것인지 알고 싶다면 지난날의 교도소 고문실의 벽에다 귀를 대고 들어보는 게 좋겠소.

아악!

물어보시오! 인민들은 겨우 세 놈만을 자기 손으로 죽이고 싶어 하오. 그런데 만일 이 세 놈이 권력을 장악한다면…

아아악~

이자들은 삼천 명을 죽일게 뻔한 일 아니겠소?

그러자 광저우에서 처형된 세 명의 젊은 노동자들이 또다시 생각났다.

이것은 오직 인간적인 복수일 뿐이었다.

패자는 죽어야만 하고 승자는 살아남을 수가 있는 것이다.

그날 밤 우리는 한 천주교 성당에 머물렀다.

그곳에 책이 몇 권 있었는데 아무 할 일이 없어서 나는 성경책을 집어 들고 신약을 읽었다.

예수가 하이루펑에 있다면 정의의 이름으로 무엇을 명령했을까?

나는 눈물이 아니라 칼을 주러 왔다고 말했으리라.

다음 날 행군하다가 노상에서 대규모로 운집해 있는 사람들과 만났다.

웅성 웅성

까르르—

기쁨에 차 싱글벙글했으며 아이들은
즐겁게 재잘거리고 있었다.

이것이 짐승같이
잔혹한 놈의 최후다!

당신들은 저놈을 왜 그런 식으로
죽이는 겁니까?

작년에 저 읍장놈이 우리 농민동맹의
지도자를 이와 같은 방식으로
죽이라고 명령했답니다.

게다가 그분의 부친과 동생까지 억지로
끌어내서 구경시켰지요. 이제 그 두 분이
저놈을 취급하고 있는 겁니다.

으아아아악!

아주 공평한 것이지요.

놈에게는 놈한테 당한 희생자들이 당시에 느낀 그대로 톡톡히 본때를 보여주어 앙갚음을 해야 합니다.

만약 당신이 놈에게 잡혔다면 영락없이 놈은 당신에게 똑같은 맛을 보여줬을 겁니다.

나는 몸을 움직일 수가 없었다.

우욱—

머리가 너무 무거워서 도저히 들 수가 없었다.

아아

박애라는 것이 나와는 아무런 인연도 없다는 느낌이 들었다.

나, 나는 박애와는 거리가 먼 사람이야.

동지들끼리는 그토록 친절하면서도 적에 대해서는 그토록 잔인하다.

톨스토이와 같은 박애주의자는 이럴 때 뭐라 말하고 무엇을 느낄까?

틀림없이 톨스토이는 러시아 백성들이 나무에 묶인 채 맞아 죽는 것을 보았을 것이다.

잔인함을 끝장내는 것은 잔인함이라는 것을 그는 알고 있었을까?

이 어둠을 비춰주는 빛은 어디에 있는 것일까?

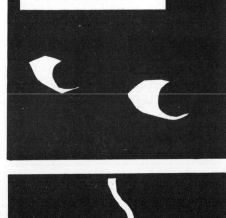

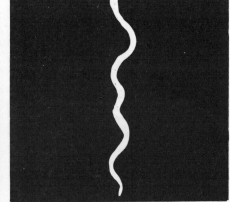

교도단은 도착해서 사흘 동안 휴식을 취하고 나서 다시 전선으로 출동했다.

하이루펑에는 약 2000명 남짓한 4사단과 공농혁명군, 농민적위대 등 무장병력이 몇 부대 있었다.

우리들이 갖고 있는 소총은 1만 자루도 채 안 되었지만 7~10만 명에 이르는 사람들이 끊임없이 전투 임무에 종사하고 있었다.

총알을 만드는 병기창이 있었고 숙련된 철공 노동자가 있어서 200미터까지 날아가는 철포도 만들었다.

상당수의 전사가 이 철포로 무장하고 있었다.

평파이군의 구호는 벽을 굳건히 하고 적에게는 한 톨의 양식도 남겨두지 않는다는 견벽청야였다.

견벽청야!

교도단이 도착한 직후에 백군은 하이루펑으로 증원군을 보내기 시작했다.

리푸린, 위한모, 리지천이 군대를 동원해 소비에트 지역을 포위하긴 했지만 어느 누구도 앞장서서 들어오려고 하지 않았다.

우리에게 몰살당할까 봐 두려웠던 것이다.

채등휘가 2000명의 병력으로 소비에트 지구인 적석촌에 들어왔을 때 민중들은 용감하게 투쟁했다.

공격!

여자와 어린애들은 언덕 꼭대기마다 올라가서 더욱 많은 홍기를 맹렬하게 흔들며 응원했다.

교도단은 현장에 도착하자 민중의 포진이 무너지는 곳이 어디인가 형세를 관망한 후,

모두 기다려라!

적이 민중의 전선을 깨뜨리자 교도단은 그곳으로 가서 적병을 500명이나 죽이고 대승리했다.

투타타탕~

이 승리로 소비에트 지역은 환희로 가득 찼으며 무한한 힘을 가진 느낌으로 충만했다.

와 아

채등휘는 대중운동의 무서움을 모르고 앞뒤 재지 않고 들어왔던 것이다.

아이고~

위한모는 3000명의 병력을 거느리고 있었다.

바보 같은 놈. 쳇!

그의 전술은 낮에는 높은 산에서
잠을 자고

밤이 되면 전선에 싸우러 나와 언제나
동이 트기 전에 퇴각하는 것이다.

그런데 얼마 뒤…

하이루펑에서 20리 떨어진 궁핑촌에서
3만 명이 모인 대중 집회가 열렸는데

주요한 연설을 하고 있을 때

위한모의 병사들이 집회장을 향해 총을
쏘았다.

밤에만 공격하는 것이 적의 습관이었기
때문에 보초를 세우지 않았던 것이다.

엎드려!

이 갑작스런 공격을 받아 수천 명이 죽었다.
그들은 무기도 제대로 갖추지 않은
사람들이었다.

사람들은 가까운 산으로 도망쳤고 그사이
적위대는 철포로 적과 싸웠다.

탕 타탕

그날 밤 하이루펑의 사람들이 적의
비열한 행위를 징계하기 위해 모였다.

놈들을
몰아내자!

우리가 흘린 피로
적을 수장시킵시다!!

공격 대형을 셋으로 나누어 궁핑촌으로 이동했다.

민중이여 해방의 깃발 아래 서자. 승리를 위하여!

상당수의 여자와 어린아이도 포함해 각자 숨이 턱에 닿도록 달려갔다.

와아

나는 중앙에서 적과 교전했다.

투투투투—

탕탕

탕탕

탕

드디어 만났네요! 호호호

아—

이 아가씨는 공산청년동맹의 가장 훌륭한 지도자 중 한 명이었는데 이따금씩 함께 일하며 서로 간에 관심이 높아지고 있던 사이였다.

당신을 찾으러 안 다닌 곳이 없어요.

이크

그녀는 자기가 나의 특별한 여자친구라고 생각했다.

당신이 죽으면 나도 함께 죽겠어요.

빨리 엎드려 총알이 날아오고 있잖아~

호호. 절 좋아하는군요.

헉!

아 알았으니까 제발 좀 엎드리라구!

잠시 후 그녀에게 말을 걸려고 뒤를 돌아다보니 남의를 입은 채 축 늘어진 작은 몸만이 보였다.

몇 번이나 창과 권총만 들고 인해전술로 돌격했지만

그때마다 기총소사에 쫓겨 후퇴하지 않을 수 없었다.

후퇴하라!

물론 우리에게는 기관총이 한 정도 없었다.

우리는 적을 익사시키기에 충분할 만큼 피를 흘렸지만

우리가 흘린 피로 적을 수장시킬 수는 없었다.

우리는 최소한 1000명의 전사자를 내었고 도망칠 수 있는 경상자 300명을 구출했다.

이때 이미 적은 하이루펑 지구 전역을 포위하고 포위망을 좁혀오고 있었다.

3월7일 우리는 하이루펑을 재탈환하기 위해 공격을 개시했지만 탈환에 실패했다.

이 두 번의 공격으로 우리는 무장병의 5분의 1을 잃었다.

우리의 형세는 정말 지독히 어려웠다.

이 두 번의 공격으로 우리는 메이룽으로 철수했지만 이번엔 채등휘가 다시 공격을 가해왔다.

정오에서 오후까지 우리는 메이룽에서 싸웠지만 결국 패배하고 말았다.

만사가 끝났다.

탕.

메이룽 전투에서 패배한 후 우리는 게릴라
전으로 벌이기로 결정했다.

그래, 게릴라전으로 싸우자!

우리는 적의 교통망을 교란시키고 쌀이나
보급품을 운반하러 나오는 소규모 병력들을
모조리 격파했다.

탕

탕

적병은 밤에 마을을 포위했다가 아침이 되면
종종 마을 주민들을 모조리 살육했다.

3월14일과 15일에 걸쳐 적은 칭짜오 지방의
전 주민 2000명을 모조리 학살했다.

타탕!

아악~

놈들은 우리가 식량이 떨어져 버티지 못하게
하려고 집뿐만 아니라 논과 창고까지도
모조리 불살라버렸다.

아앙~
엄마

메이룽을 잃고 뿔뿔이 흩어질 때 나는
공산당원과 짝을 지어 산으로 올라갔다.

이제 식량도 없어.

적은 우리를 없애버리려고 30리나 쫓아왔다.

크르릉—

부상자를 끌고 가려 할 때마다 적에게 쫓겼기
때문에 할 수 없이 부상자를 내버려둔 채
도망가야 했다.

적이 지나간 다음에 민중들이 나와서 부상자
들을 그들의 집으로 옮겨 비밀리에
간호했다.

우리가 도망친 산은 대단히 가파르고 위험
해서 평상시에는 아무도 오르려 하지 않는
곳이었다.

나는 오성륜과 '손'이라는 조선인 소년과 함께
이동했다.

오 형!

헥헥헥—

오성륜은 더운 기후에 익숙하지 못했으므로
불쌍하리만치 많은 땀을 흘렸다.

아이고 으허허헉!

헉헉 − 러시아의 10월 혁명때는
이렇게 산을 오르지 않아도 되었지.

헉헉헉 −

중국이 아니라면 우리가 병사이거나 동시에
산양이어야 할 필요는 없는 거야! 헉헉

그날 밤에는 산 맞은편에 있는 폐사에서
쉬었다.

우리 일행은 열 명이었는데 모두가 먹을
것을 찾는데 혈안이 되어 여기저기
들춰보았다.

마침내 구멍 파인 돌 밑에서 조그마한
쌀독을 찾아냈다.

낡고 깨진 쇠솥은 찾아냈지만 물이 새서 쓸 수가 없었다.

아이고 안 되겠다.

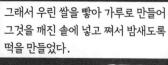

그래서 우린 쌀을 빻아 가루로 만들어 그것을 깨진 솥에 넣고 쪄서 밤새도록 떡을 만들었다.

떡떡떡!

헉, 이게 무슨 소리지?

타 탕

이러는 사이에 먹을 것 찾는 데는 귀신인 오성륜이 운 나쁜 개 한 마리를 발견하고 쏘아 잡았다.

！

으하하하!

광둥인들이 즐겨 먹는 검붉은 개였다.

오 형! 정말 대단해.

우린 살았어. 하하

우리는 불 옆에 둘러앉아 노래를 부르고 이야기를 했다.

쩝쩝

하하하

나는 내가 가장 좋아하는 노래 〈아리랑〉을 중국 사람에게 가르쳐주었다.

아~

우리는 이 노래를 부르고 모두 울었다.

이 노래가 아주 마음에 들어서 결코 잊을 수 없을 것 같소.

우리는 너무 지쳐 있었기 때문에 잠을 자야 했지만, 집 근처에 머무는 것은 위험했다.

그래서 각자 흩어져서 사냥꾼에게 쫓기는 맹수처럼 잡초 속에 숨었다.

우리 세 명의 조선인은 손 군을 감싸주기 위해 그를 가운데 눕히고 함께 잠을 잤다.

푸른 하늘 은하수
하얀 쪽배에~

계수나무 한 나무~ 토끼 한 마리~

잠들기 전에 손 군은 별을 노래한 동요를 불렀다. 그는 아직 갈피를 못 잡는 18세 소년이었던 것이다.

가기도 잘도 간다 서쪽 나라로~

그러게
별이 많네.

오 형은 은하수 본 적 있어요?

너에게는 좋은 친구가 몇이나 있지?

두 명!

셋이요.

난 다섯 명.

우리는 서로 물어보고 그 숫자를 헤아려보았다.

우리는 각자 자기 가족의 주소를 써서 서로 교환했다.

네가 죽고 내가 산다면 너희 가족에게 뭐라고 전해줄까?

·······

나는 우선 어머니와 작은형에게 편지를 쓰고 그러고 나서 김충창과 중국인 친구에게 편지를 썼다.

나는 이 곳에서 죽어갑니다.
노예의 땅에서 죽는 것과는 다릅니다.
하지만 여기가 우리의 빛나는 혁명
투쟁과 같이 자유로운 조선 땅이었으
면 하는 마음 간절합니다.

숨어서 산허리를 가다가 농부 한 명을
만났는데

당신들 군대가 바이사로 갔어요!

그래서 바이사로 가려고 산을 몇이나 넘었다.

헉헉

도로는 하나도 없고 가파른 길이어서
미끄러져 넘어지지 않을 수 없었는데
밑으로 굴러떨어지지 않으려면

풀뿌리나 나뭇가지를 붙잡는 수밖에 없었다.

바이사에 도착하자 우리는 각자 흩어져 농가로 찾아가 신세를 지고 농사일도 거들었다.

그곳에서 예융이 죽었다는 것을 알았다.

우리 교도단은 이제 겨우 400명밖에 남지 않았습니다.

마을 사람들은 계속 망을 보다가 백군이 나타나면 도망쳤다.

적이다!

농민들은 가진 물건이 없었다. 그래서 식량과 식기, 어린애 등을 둘러메고 산으로 올라갔다.

백군들은 식량을 닥치는 대로 농부들한테 빼앗아갔기 때문에 먹을 것이라고는 고구마밖에 없었다.

하이루펑을 떠난 뒤에도 몇 해 동안은 고구마라면 진절머리가 났다.

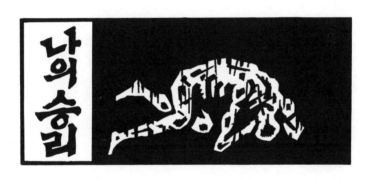

식량은 완전히 바닥나버렸다.
못 먹어도 죽고 싸워도 죽는다.

그러나 하이펑현에는
음식과 돈이 있다!

우리가 할 수 있는 일이란
오로지 하이펑 탈환을 위해 최후의
일전을 벌이는 것뿐이다.

제가 그곳 백군 사령부 요리사인데
사령부 안에 탄약 400상자와 다량의
밀가루와 쌀 그리고
40만 원이 있습니다.

좋다! 계획은 이것을
탈취하는 것이다.

우리가 동원할 수 있는 총 인원은 농민 지원자를 포함해 고작 3000명밖에 안 되었는데

자! 고구마를 먹고 출발한다.

그나마도 대부분이 맨주먹이었다.

네가 죽으면 내가 총을 가질게~

그날 밤 우리는 하이펑에서 30리 떨어진 곳까지 접근했다.

오성륜과 손 군과 나는 꼭 붙어 다녔다.

예예!

손 군! 내 옆에 꼭 붙어 있어라!

오성륜은 우리 부대 80명의 지휘자였다.

잘 들어라! 우리 임무는 백군 사령부로 쓰이는 공산당 학교를 점령하는것이고 놈들의 암구호는 힘이다!

응?

그런데 아군 제2사단이 점령하기로 되어 있던 우푸링에서는 왜 아무런 소리가 나지 않지요?

음…

여기 계속 있다가 백군의 증원군이 온다면 틀림없이 살아남지 못할 거야.

밖으로부터 공격당할 위험이 있어요. 하이펑 성안에서는 투쟁할 수가 없어 빨리 후퇴 나팔을 불어야 해요!

우푸링으로 이동하자!

빠빠빠빠빰~

우푸링에 도착해보니 적병은 하이펑 안에서 나는 총소리를 듣고 고개 위의 진지와 모든 군사 요충지에 진을 치고 기다리고 있었다.

이런 아직도 점령하지 못한 건가?

굼벵이 같은 우리 2사단은 그제야 겨우 고개 밑을 지나가고 있는 참이었다.

이런 큰일났군!

우리에게 유리한 것이라고는 야음을 빼면 아무것도 없었다.

걱정마! 녀석들이 어둠 때문에 우리 병력이 얼마나 되는지 모르는 것 같아. 자 우린 뒤로 가서 적들을…

그런데…

!

날이 새자 우리가 몇 명 안 된다는 것을 알게 된 적은 맹렬히 공격해왔다.

뭐야! 얼마 안 되잖아 쏴라!

투루 투—

펑

결국 고개 밑에 있던 2사단 홍군들은 궤멸되고 우리는 다수의 사상자를 내고 도망쳤다.

으악 후퇴 후퇴!

그때 손 군이 허벅지에 부상을 당했다.

아악!

핑

나와 오성륜은 손 군을 데리고 20리 가까이 끌고 갔다.

아아아~

탕탕

나는 말라리아에 걸려서 힘이 별로 없었는데 그래서 그를 끌고 가는 일이 여간 어렵지 않았다.

헉헉헉~

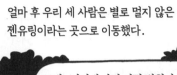

얼마 후 우리 세 사람은 별로 멀지 않은
젠유링이라는 곳으로 이동했다.

그래. 거기에 가면 비밀 병원이 있어
손 군을 치료할 수 있을 거야.

그곳 한의사는 총알을 빼내는 데
나뭇잎을 사용한다구.

하이루펑 어디에도 양의사는 한 명도 없었다.

도착해보니 병원으로 사용되던 초가집이 바로
조금 전에 백군 병사들에 의해 불타 있었다.

안에 있던 30명의 부상자들은
산 채로 타 죽었다.

손… 손 군!

가엾은 손 군은 피를 너무 많이 흘려서 이곳에서 죽었다.

아…

그는 너무 힘이 빠져서…

뭐라고 말을 해봐라!

가슴속에 간직하고 있던 마지막 말조차 하지 못했다.

하이펑 전투가 우리의 마지막 시도였다.

공산당위원회는 새로운 전투를 준비하라고
명령했지만

모두 떠나지 말고 새로운
전투를 준비하시오!

아무 소용이 없었다.

용기도 사라졌고 장교는 한 명도 남아
있지 않았다.

광둥코뮌을 떠나올 때 2000명이었던
병력 가운데 남아 있는 인원은 300명도
채 안 되었고

그나마도 모두 굶주리고 병들어 있었다.

우리는 젠유링에 모두 모여 마지막
집회를 열었다.

우리는 조그마한 폭포에서 부상자를 씻어주고
전사자 수를 헤아렸으며 우리의 강약을
논했다.

새벽녘 우리들 100명은 적의 척후를 피해
바이사로 갔다.

꼬르르륵—

그곳에 갔더니 우리의 친구인 고구마죽이
우리를 위로했다.

후르륵 쩝쩝—

자 여러분 적에게 섬멸당하지 않으려면
재빨리 레이양으로 가야 하오!

병자와 달릴 수 없는 사람들은 다른 사람들이
안전하게 도망갈 수 있는 기회를 빼앗지
않도록 200리나 떨어진 레이양으로 다른
사람들과 함께 가려 하지 마시오!

상당수가 중병에 걸려 있었고 몇 날 며칠을
물속에 숨고 물속을 행군했기 때문에

발바닥이나 허벅지가 심하게 부르터
서 있을 수조차 없는 사람도 있었다.

그러나 모두가 데려가 달라고 요구했다.

제발 데려가주시오!

뒤에 남으면 틀림없이 죽는다는 것을 모두
알고 있었기 때문이다.

만일 행군에 따라나선다면 최소한 투쟁 중에
동지들 품 안에서 죽을 것이다.

그 때문에 바이사에 남은 사람은 얼마 안 되었다.

1차로 100명이 떠나고 나머지 300명도
그 뒤를 따랐다.

그것은 너무나도 위험한 행군이었기 때문에
뒤따라오는 자중에 콜록거리는 자가 있으면

쿨럭쿨럭—

누구라도 죽이라는 명령이 내려졌다.

꿀꺽

적병이 바싹 붙어서 행군하기 때문에
단 한 번만 기침을 해도 즉각 발각되어
우리 모두가 섬멸되고 말 것이야.

모두가 허약하고 허기져 있었기 때문에
내 전 생애를 통해 이만한 극기를
본 적이 없었다.

상당수가 결핵에 걸렸거나 물속에 들어가
있었기 때문에 독감에 걸렸음에도 불구하고

그 위험한 행군 기간에 기침을 한 사람은 단 한 명도 없었다.

레이양까지 행군하는데 꼬박 3일이 걸렸고 부상과 체력 소모로 도중에 죽은 사람도 적지 않았다.

낮에는 숲속에 들어가 가면을 했는데 그럴 때면 커다란 광둥산 말라리아 모기떼가 얼마 남지 않은 부상자의 피를 빨아먹었다.

애 앵앵ー

나를 포함한 거의 모두가 말라리아에 걸렸다.

저 산길에는 몸을 숨길 곳이 없다. 절대로 기침을 해서는 안 돼!

만일 한 명이라도 소리를 내는 날이면 우리 모두가 목숨을 내놓아야 한다. 알았나?

참을성이 없는 사람은 뒤에 남아라!

병이 심해서 빨리 움직일 수 없는 자는 따라오려고 해서는 안 돼!

하지만 뒤에 남겠다고 말하는 사람은 한 명도 없었다.

부상자들에게는 지독한 고통이었지만 키가 큰 수풀 사이로 우리를 볼 수 없게 하기 위해 모두 자세를 낮추고 산길을 기어갔다.

선도자는 이따금씩 숨을 죽이고 귀를 대 이상한 발자국 소리가 들리지 않는지 살펴본 뒤에야

쉿!

계속 뱀처럼 기어가라는 신호를 보냈다.

나는 기침을 하고 싶었던 적이 이제까지 한 번도 없었는데

!

쥐 죽은 듯 조용해야 할 바로 그 순간에

갑자기 여태까지는 겪어보지 못한 참을 수 없는 충동이 일어났다.

그 순간에는 생사야 어찌 되었건

구멍의 마비만 풀기만 하면 그만이었다.

하지만 나는 땅에 납작 엎드려서 기침이 나오려는 것을 꽉 틀어막고

숨이 막혀 축 늘어질 정도로 스스로 목을 졸랐다.

결국 나는…

나 자신에 대하여 승리했다.

낮은 대열은 안전하게 전진을 계속했다.

30분 뒤에는 지휘관이 안도의 한숨을 내쉬었다.

휴우!

휴~ 됐다. 이제 모두 큰 소리만 내지 않는다면 기침을 해도 좋다.

하하하하! 살 것 같다.

껄껄

와하하하—

우리는 모두 웃음을 터뜨렸다.

대부분의 사람들이 지난 3일간 나와 똑같은 경험을 해왔을 것이라는 생각이 불현듯 머리를 스쳤다.

그러자 자기 자신의 본능을 억누를 수 있는 인간의 힘에 새삼 깊은 존경심이 일어났다.

기침하라니까 이제 안 나오네. 허허

다음 날 아침 우리는 레이양에 도착했다.

환영하오!

지방 농민 가운데 당원인 사람이 우리를 맞으러 나왔다.

어서 오시오! 동지들 고생이 많았소.

몇 달 동안이나 쌀밥을 먹어보지 못한 우리는 몇 년 만에 처음으로 먹어보는 기분으로 쌀밥을 먹었다.

와… 이게 뭐야 쌀밥이다!

레이양은 백도 아니고 적도 아니였으며
적군은 하나도 배치되지 않았다.

사람들은 우리를 환영하지도 않고
반대하지도 않았다.

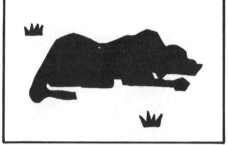

우리는 이 읍에서 일주일 동안 머물렀다.

낮에는 마을에서 음식을 먹고 밤이 되면
산에 올라가서 숨었다.

우리는 가난한 사람들이 우리를 먹여줄 수
없었기 때문에 식량을 마련하기 위해 지주를
상대로 유격전을 시작했다.

우리가 지주들한테 빼앗아다가 마을 사람
들에게 나눠주었기 때문에 가난한 사람들은
곧 우리를 좋아하게 되었다.

레이양에는 아군 병력이 고작 100명밖에 없었다.

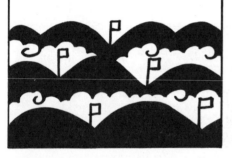

적은 산꼭대기에 있는 분지를 제외한 모든 요충지를 점령했다.

적이 공격을 시작하자 오성륜과 나는 산으로 올라가 수풀 속에 숨어 있었다.

어두워지면 이동하자구~

적병은 우리가 지나간 흔적만 있으면 풀 속을 향해 총질을 해댔다.

타 타 탕
탕 탕
쏴라

산꼭대기 근처에서 우리는 농부를
몇 사람 만났는데

혹시 동지!

동지!

나를 따라오시오!
농민연맹 비밀 아지트로
안내해주겠소.

동지들 여기까지
오느라 고생 많았소.

회장님 무렌량의 공산당
특별위원회까지 빠져나갈 수
있도록 도와주십시오!

알겠소! 당신들을 안내할
우리 농민 한 명을 보내주겠소!

아이고 고맙습니다.

우리는 농부 차림을 하고 식량을 짊어
졌으며 낮에는 산속에 숨어있다가 밤이
되면 길을 서둘렀다.

이 사람들을 부탁드리오.

알겠소!

농부들은 우리를 한 마을에서 다음 마을로
릴레이식으로 인도해주었다.

바오안현을 지나갈 때 안내자가 말했다.

이제는 낮에 다녀도 괜찮을 겁니다. 허허

해가 질 때까지 아무 사고도 없었는데

휴 — 다행이다. 헤헤

해가 지자마자 칼과 총을 가진 남녀가 쫓아와서 우리에게 총을 쏘았다.

앗 뭐야!

그 사람들은 백색 봉건 가문 사람들이었는데

잡아라!

저놈들을 죽이고 총을 빼앗아라!

우리는 한 사람씩 교대로 총을 쏘아 30명의 추격자를 막고 간신히 위험을 벗어났다.

탕

탕

자 도망치자!

뭐 안전하다고. 쳇

그날 밤에는 산을 몇 개나 넘고 엄청나게 많은 독사와 맞닥뜨렸다.

많은 동지들이 뱀에 물려 지독히 고생하거나 죽었기 때문에 오성륜과 나는 뱀만 보면 간담이 서늘했다.

이크~!

더군다나 우리는 맨발이었다.

아이고

헉헉헉

헥헥헥—

오성륜은 아주 야위어서 마치 말라빠진 늙은이같이 보였다.

오… 오 형~

허으응 끄으응~

나 역시 말라리아에 걸리기 전에는 튼튼했지만 두 달 동안의 행군과 전투로 오한과 고열에 시달리고 있었다.

뭐? 늙은이라고 쿨럭 넌 귀신같이 보여.

하도 아파서 정신없이 걸어간 날도 있었다.

나는 걸어가면서 자는 법을 배웠다.

그러다가 돌부리에 채여 넘어지면 잠을 깼다.

몇 주일 동안이나 영양가 있는 음식을 먹지 못했기 때문에 각기병에 걸려 다리가 부어올랐으며

앉지도 못 할 정도로 온몸에 심한 종기가 났다.

거의 반년 동안을 산속에서 물방울로 몸이 흠뻑 젖었다.

비를 막을 것이라곤 삿갓 하나밖에 없었고 갈아입을 옷도 없었다.

8일 후에 우리는 무롄량에 도착했다.

그곳에는 펑파이가 있었다.

펑파이!

살아 있었구먼!

이쪽으로 들어갑시다.

여긴 폭포?

폭포가 비밀 출입구를 가려주거든 여긴 백군으로부터 안전하다네.

여기서 쉬면서
길을 찾아보자구.

쿨럭쿨럭

7월23일 어느 정도 몸이 좋아지자 우리는
홍콩으로 가기로 했다.

자, 우리 홍콩으로 가자!

그래 거룻배를 빌려타고 가자!

어 저기 거룻배가 있다.

조용 조용…

자! 됐어 출발하자고.

그때 물가에서 총알이 빗발치듯
날아왔다.

투타탕

으악!
피해—

나는 도망치려고 벌떡 일어나다가
병으로 약해진 데다 충격을 받아
정신을 잃고 쓰러졌다.

얼마 후에 정신이 들었을 때는 아무도
보이지 않았고 총소리가 멀리서
들려오고 있었다.

이번에는 도저히 빠져나갈 길이 없겠구나.

주위를 둘러보았지만 시체가 하나도
눈에 띄지 않았다.

그래서 물속에 숨어서 코만
내놓고 있었다.

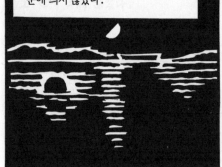

그러나 희미한 달빛이 힘이 되어줄 것 같았다.

어쨌든 고문을 받으면 정신을 잃게 되겠지.

나가자!

나는 물속에서 기어 나와 낮은 포복으로 숲속까지 꿈틀꿈틀 기어갔다.

마을을 향해 어둠 속을 비척비척 걸어 가노라니 내 마음이 텅 비었다.

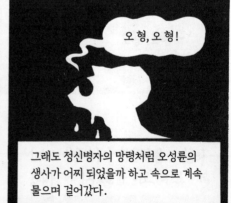

오 형, 오 형!

그래도 정신병자의 망령처럼 오성륜의 생사가 어찌 되었을까 하고 속으로 계속 물으며 걸어갔다.

어떻게 그 길을 왔는지 도무지 기억이 없다.

이틀 동안 나는 폭포수 줄기에 아로새겨진 다정한 오성륜의 얼굴이 실제로 나타나기를 애타게 기다렸지만

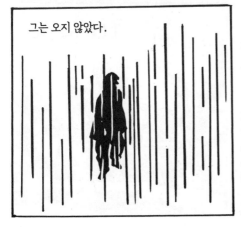

그는 오지 않았다.

지락!

이제 그들이 모두 죽었다고 생각하는 게 좋을 거요. 기다려봐야 소용없소.

오 동지가 오늘도 돌아오지 않는다면 영영 돌아오지 못할 거요.

육로로 산터우까지 가는 것이 좋을 거요. 그러면 배를 타는 모험을 할 필요가 없지.

7월27일 나는 모든 희망을 버리고 안내자 농부와 함께 산터우로 길을 떠났다.

산터우에 가까이 가자 물가에 국민당 깃발이 나부끼고, 경찰이 있는 것을 보고 깜짝 놀랐다.

아아 어떡하지.

그러나 그들은 우리를 체포하려는 움직임이 전혀 없었다.

다음 날인 8월6일 뱃삯 4원을 주고 홍콩행 일본 화물선 타가야마마루호에 올랐다.

사람은 쉽게 죽지만

또 그리 쉽게 죽지도 않는구나 하고 생각했다.

아 그게… 조선 인삼을 팔러 다니는데 후양 근처에서 비적을 만났어요.

그래서 가지고 있던 돈과 인삼과 옷가지를 모조리 빼앗겨버렸소.

아 그래요.

지금 당장 돈이 한 푼도 없지만 고향에 편지를 낼 동안만 기다려 줄 수 있겠습니까?

좋아요. 기다리지요.

아, 남해에서 와서 이곳에 묵고 있는 조선 인삼 장수를 소개해드릴 수도 있지요.

뭐요? 조선 사람이라구요? 아이구 세상에.

그는 병까지 걸려 불쌍하기 짝이 없는 나를 보자 혀를 차며 말했다.

이게 뭐요. 온몸이 상처투성이 아니오~! 쯧쯧쯧…

그러고 나서 그는 나를 강제로 양식집으로 데려가 3원어치나 식사 대접을 하고

천천히 드시오.

쩝쩝쩝

또 영화까지 보여주었다.

타인을 벌하고 교정할 자격이 있는 사람은 없다.

우리는 톨스토이 원작의 <부활>을 보았다.

죄없는 사람은 없기 때문에 우리는 끊임없이…

이 영화는 내 가슴속에 깊이 흐르고 있던 슬픔이 홍수처럼 흘러넘치도록 만들었으며

용서하며 살아가야 한다.

게다가 최근의 여러 경험으로 바짝 긴장했다가 갑자기 마음이 느긋해진 탓에

나는 펑펑 울기 시작했다.

엉엉엉~

나 자신은 말할 것도 없고 광둥코뮌 이래
내 눈으로 보았던 인류의 비극에
애틋함을 금할 길이 없었다.

엉엉엉엉

아니 당신은 여주인공 때문에
우는 거요? 아니면 돈 때문에 우는 거요?
자자, 그만 우시오.

흑흑흑

무슨 다른 일이 있었던 거요?

그러나 나는 그에게 입을 열수가 없었다.

돈이나 인삼일은 잊어버려요.
내가 여기 있는 동안은 굶주리지
않게 하겠소.

…….

그는 나를 위로하기 위해 농담도
하고 이야기도 해주었다.

하하하

그 늙은이가 산삼을 먹고 말이지
아침에… ㅋㅋㅋ

다음 날 나는 알고 있던 주소를 가지고 공산당 지하조직을 찾아갔다.

당에서 준 내 신원 확인서는 여관방 침대 속에 숨겨두고 왔다.

계시오?

탕탕

너 이 자식!

아아아

잡아!

그때 갑자기 광둥 사복형사들이 나를 붙잡았다.

왜 이러시오. 저는 인삼 장수입니다. 한 달 전에 이곳에 인삼을 한 근 팔았는데 돈을 반밖에 받지 못해서 오늘 받으러 온 겁니다.

거짓말하지 마라!

너 주거지는 어디지?

타... 타이안산 여관입니다.

여관까지 안내해라 거기 가서 조사하자!

끼익끼익

나는 여관에서 박 씨의 방으로 그들을 데리고 들어가 박 씨의 짐꾸러미를 내 것인 양 보여주었다.

응? 무슨 일이오?

선생님! 이 인삼이 제 것이라고 말해주세요.

그리고 조선말로 말했다.

맞소. 이 사람 것이오 하나는 내 것이고… 우리는 둘이 함께 조선에서 왔어요.

음…

김 형 대관절 어쩐 일이요? 말 좀 해주시오?

네. 선생님 아무 일 없습니다. 고맙습니다.

그게… 중국인 친구 한 명을 찾아갔는데 그 친구가 도둑이 되었어요. 그래서 제가 의심을 받은 겁니다. 그뿐이에요.

그렇군요.

나는 죽은 뒤에 보내주기로 약속한
손 군의 편지를 잃어버렸다.

하지만 그의 누이에게 편지를 띄웠다.

오성륜에 대해서는 아직도 희망을 가지고
있었다.

얼마 후에 나는 박 씨와 함께 배를 타고
상하이로 갔다.

상하이에 도착하자 박 씨는 나를 룽런의원에
입원시켰다.

?

아무래도 말라리아가 재발한 것 같소.

세상에 이제까지 내가 잰 체온 중에서 가장 높아요.

체온이 떨어지지 않는다면 당신은 죽고 말 거예요. 아주 위험할 겁니다.

나는 일주일 뒤 깨어났고 베개 밑에서 인삼 장수의 편지를 발견했다.

그는 나에게 30원을 남겨주며 급히 조선으로 돌아간다고 썼다.

그 후 다시는 그를 보지 못했다.

박 씨 덕에 한 달 동안이나 병원에 머무를 수 있었다.

외국인 간호사가 나에게 물었다.

기독교인인가요?

네. 어릴 때부터 교회에 다녔습니다.

그 이후부터 그녀는 매일같이 귤을 하나씩 갖다 주었다.

나는 10월에 병원을 나와 상하이의
프랑스 조계로 갔다.

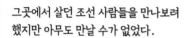

그곳에서 살던 조선 사람들을 만나보려
했지만 아무도 만날 수가 없었다.

심지어 조선인들도 찾아보기 힘들었다.

와-우리는 모두 당신이 죽은 줄 알았어요.

그는 광둥에서 온 공산청년동맹의 조선인 학생이었다.

광저우에서 죽은 사람 명단에 당신 이름이 들어있었다니까요. 하하하-

그가 여기에 있어요.

아 정말이요!

아!

!

김 형!

아 세상에~ 이럴수가...

살아 있었구나!

인사하지.
이제는 나의 부인일세.

아!

나는 이 사람의 집에서 숨어 있었고
그 후 우리는 결혼을 해서 상하이로 왔지.
우리는 이곳에서 다른 사람들을 지원해주기
위해 글도 쓰고 번역일도 하고 있어.

왜놈들은 코뮌에 참가한 조선 사람들을
색출해내려고 혈안이 되어 있지.

상하이에서 100명의 조선 사람이 체포되었어요.

자네가 프랑스 조계의
거리에서 조선 사람을 보지
못한 것도 무리가 아니지.

혹시 오성륜의
소식을 아십니까?

안타깝지만 그는 살아
있기 어려울 거예요.

쿨럭쿨럭

나는 건강이 완전히 무너져서
몇 주의 휴양이 필요했다.

크흐흑—

어느 날 나는 정크의 돛대가 빽빽이 들어서
있는 사이사이로 영국의 군함이 우뚝우뚝
서 있는 황푸강을 쳐다보면서
걷고 있었다.

그때…

환영을 보고 있는 것처럼

하나의 얼굴이

나를 향해 다가오는 것이 아닌가.

아

아아아!

아!

네… 네 녀석이 죽은 줄 알았어.

으아아아어흑~!

우리는 마치 한 몸이거나 한 듯이 얼마 동안은
못 박힌 듯 꼼짝도 않고 서서 아무 말도
하지 못했다.

처음으로 나는 오성륜의 우는 모습을 보았다.

으어어엉엉~

그날 밤 총격이 일어나자마자 난 사공과 함께 탈출했지. 자네를 몇 차례나 찾아보다가 도망쳤지.

동이 트자 40리를 걸어서 사공의 집에 도착했어. 그리고 후이라이로 갔다가 감시망을 뚫고 기선을 타고 홍콩으로 갔지.

후이라이에서 같이 있던 중국인 한 사람과 체포되었는데 민단이 관상쟁이를 불러다 묻더군.

이봐, 이 사람이 공산주의자냐?

으음…

꿀꺽

아닙니다. 이 사람은 공산주의자가 아닙니다. 그러나 앞으로는 공산주의자가 될지도 모르겠습니다.

그러나 지금은 아닙니다.

그래서 석방되었지.

중국에서는 봉건주의도 쓸모가 있더군. 흐흐 만일 관상쟁이 늙은이가 공산주의자라고 말했다면 우리 모두 총살당했을 거야.

오성륜과 나는 김충창의 집으로 갔다.

김 형!

오 형!

우리들 세 사람은 상하이에 있는 동안 엄청 가까워졌고 강한 형제애를 가지고 서로를 사랑했다.

그래서 우리는 가능한 한 오랫동안 함께 있고 싶어 했다.

너희가 내 눈에 없으면 불안하다네.

그토록 많은 훌륭한 우리 동지들을 코뮌에서 잃어버렸다는 사실이 시커먼 저주처럼 우리를 짓누르고 있었다.

링난에서 끝까지 자리를 사수하다가 목숨으로 잃은 박진 동지가 늘 생각나.

그가 일어나 나에게 끝난 논의를 다시 시작할 것 같아.

아무래도 그의 두 동생도 하이루펑에서 죽은 것 같아.

그래서 우리는 서로 만남으로서 위안과 용기를 얻고자 했다.

우리 함께 똘똘 뭉쳐서 장차 그 사람들의 못다 한 일을 해나가자고.

김충창의 부인에게는 언니가 하나 있었는데

그 언니는 인도차이나에서 혁명 활동을 하다가 추방된 사람이었다.

지락, 잠시 나갔다 올게. 헤헤

오성륜은 이 아가씨를 좋아해서 매일같이 그녀를 데리고 프랑스 공원으로 갔다.

나도 그렇게 도망다녔어요.

호호호

아~ 이 아가씨는 사막에서 마시는 한 모금의 시원한 물같아.

그러던 어느 날 가명이라 생각되는 두 사람의 이름이 서명된 편지를 한 통 받았다.

응? 누구지?

우리는 삶을 위한 새로운 투쟁을 하려고 지옥에서 온 당신의 동지라고?

똑똑똑!

다음 날 내가 문을 열자 짙은 눈썹 아래 있는 새까만 눈동자 두 쌍이 나를 쳐다보았다.

당신들은?

헤헤헤

장 형!

박 씨의 두 동생 형제들이었다.

우리 박진 형님은 링난에서 전사했어요. 흑흑

알고 있네. 알고 있어. 흑흑

야위고 쇠약해진 그들의 모습은 마치 내 머리를 괴롭혀온 그 망령같이 보였다.

도대체 어떻게 빠져나온 것이오?

교도단이 메이룽에서 패전하여 몇 사람씩 짝을 지어 흩어질 때 그들은 후위에서 싸우며 후퇴했죠.

오성륜과 손 군과 내가 바이사에서 한 달 동안 농부들과 함께 숨어 있으면서 고구마로 연명하고 있을 때였다.

4월 어느 날, 4명의 아가씨를 포함해 다른 20명과 함께 해변으로 빠져나가서 조그만 나룻배를 타고 주푸항으로 갔다가

그곳에서 채정개 휘하의 어느 대대장에게 붙잡히고 말았어요.

손들어라!

장교들은 즉각 전원을 죽이려고 했지만 대대장이 제지했지요.

안 돼. 죽이지 마라!

한 아가씨가 대단한 미인이었기 때문이었어요.

꿀꺽

대대장은 그녀를 자기 것으로 만들기 위해 살려주려고 애썼으며 다른 아가씨들도 죽이고 싶어 하지 않았어요.

아가씨, 뭐 필요한 게 없소?

대대장은 이 아가씨를 친절하게 대했으며 환심을 사기 위해 안달이 난 모양이었지요.

······

이름이 뭐냐?

물론 이 아가씨는 응하지 않았어요.

사실은…

응?

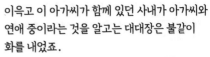

이윽고 이 아가씨가 함께 있던 사내가 아가씨와 연애 중이라는 것을 알고는 대대장은 불같이 화를 내었죠.

뭐, 뭐라고!

저놈들을 내일 전부 죽여버려라!

우리들은 모여 회의를 열고 토의했어요.

잘 생각해보시오. 당신은 동지들을 구하고 싶소?

아니면 전원이 죽는 것을 보고 싶소?

……

그녀는 대대장에게 좋은 낯으로 대해주고
대대장을 움직여 나머지 사람들을 구해보리라
결심했어요.

대대장님께서 좋은 분이시라는 걸 알고 있습니다.

이 아가씨는 아름다울 뿐만 아니라 똑똑하고
매혹적이어서 대대장은 정말 첫눈에 반해
버렸던 것이지요.

하하. 당신은 정말 심성도 곱소.

이 아가씨가 공산주의자란 걸 알고 있었지만
아마 그녀의 용기에 감탄했던 것 같아요.

만일 나와 결혼만 해준다면
비밀리에 배를 구해 다른 사람들
의 목숨을 구해주겠소!

그녀는 이 조치로 대대장이 좋아졌다는 듯이
가장하고는 결혼을 약속했지요.

네… 당신과
결혼할게요.

하하하. 잘 생각했소!

두 사람이 결혼하자 대대장은 약속을 지켰고
배는 자유로이 떠날 수 있었던 것이에요.

그녀 덕분에 우린 살았고 홍콩을 지나 상하이로 올 수 있었어요.

어디로 갈 건가?

네. 장차 훌륭한 지도자가 되기 위해 모스크바로 가서 완전한 교육을 받을 겁니다.

장 형! 또 만나요.

그 후 두 사람의 소식을 전혀 듣지 못하다가 1933년에 가서야 신문을 읽고 그들이 지린에서 왜놈들에게 사살되었다는 것을 알았다.

두 사람은 만주에서 의용군과 함께 싸웠는데 그들이 지린시에서 열린 당 비밀회의에 참석했다가

나두

요즘따라 형님이 많이 생각나!

왜놈 첩자 한 놈의 미행으로 5분 후 왜놈들이 그들을 포위해 사살했던 것이다.

주푸항의 여주인공은 어찌 되었을까?

나는 사실 이 아가씨를 하이루펑에서부터 알고 있었다.

동지!

1930년 어느 날 베이징 거리를 걷다가 바짝 마르고 창백한 여인과 마주쳤다.
바로 그녀였던 것이다.

아 당신은… 혹시?

나는 그녀의 비참한 모습을 보고 크게 놀랐다.

얘기를 들었어요.
어떻게 빠져나왔어요?

그 대대장과 4개월을 함께 지냈지요.

366

그 후 몸도 아프고 고향집이 그리워 못 견디겠으니 잠시 동안 어머니를 보러 가고 싶다고 말했어요.

저기. 어머니가 보고 싶어요.

그는 상하이로 갈 여비를 내주었고 나는 상하이에서 교수로 일하는 오빠를 만나러 갔어요.

오빠는 내 앞에서 문을 쾅 닫아버리고 문전박대를 했지요.

너 같은 년은 내 집에 들어올 생각도 마라!

나는 돈 한 푼 없는 데다가 두 달 동안이나 일거리를 찾지 못했어요.

그래서 길거리에서 구걸까지 했지만 그래도 굶기를 밥 먹듯 했어요.

할 수 없이 매춘굴에 들어갔는데 그 생활은 도저히 견딜 수가 없었어요.

그래서 오빠한테 다시 찾아가서

울며불며 도와달라고 애걸했죠.

오빠 오빠 도와주세요!

흑흑흑―

내 비참한 모습을 보더니 오빠는 너무나 충격을 받았지요.

알겠다! 이 돈으로 허난의 집으로 돌아가 있어라.

그런데 집에 가보니

어머니 어머니~!

어머니는 돌아가셨고 아버지는 화가 나서 다시 나를 거리로 내쫓았어요.

넌 내 딸이 아니다. 나가!

엉엉~

그 후 어느 친구의 도움으로 나는 여자 사범학교에 들어가 교사가 되기 위해 베이징으로 왔어요.

하지만 몸이 너무 아파서 도무지 일을 할 수가 없었어요.

게다가 도와주는 사람도 하나 없죠. 지금은 동지들이 나를 백안시하고 있어요.

내가 모든 것을 희생했는데도 동지들이 나를 도와주지 않는 것을 보고 나는 당과의 관계를 완전히 끊어버렸어요.

쿨럭

쿨럭

이제 죽든 살든 개의치 않아요.

그녀는 결핵으로 거의 죽어가고 있었다.

나는 돈도 없었고 그녀를 도와줄 길도 없었다.

베이징 협화의료원에 있는 무료 진료소에 한번 가보시오…

쿨럭쿨럭

그 후 내가 곧바로 체포되었기 때문에 그 이후 그녀의 소식에 대해서는 아무것도 듣지 못했다.

이 어여쁜 아가씨는 중국혁명의 비극적인 희생자였다.

그녀는 혁명운동을 하기 위해 첫 남편과 유복한 가정을 떨쳐버리고 뛰쳐나온 것이다.

그녀는 서예도 아주 훌륭하고 좋은 마음씨도 가지고 있었다.

그녀가 혁명운동을 하고 정조를 잃었다고 하여 가족들은 그녀를 내팽개쳤고 절대로 용서하려 하지 않았다.

당은 무엇 하나 그녀를 원조해주지 않았다.

혁명을 위해 모든 것을 희생했지만

그녀는 아무에게도 감사하다는 인사를 받지 못했다.

그 당시 조선 혁명 문제를 놓고 정치적인 분열이 일어났다.

조선공산당은 조선민족주의자들과 연합을 지속하고 힘을 합칩시다!

아니오! 우리 조선공산당은 중국공산당 안에 있어요. 중국공산당이 우익과 결별 했듯이 우리도 그래야 하오!

그럼 우리 조선의 독립은 어떻게 해야 합니까?

상하이 위원회 내에서는 조선공산당위원회 의원이 세 명 있었는데 그중 두 명은 1928년 3월 일제 검거 때 조선에서 탈출한 사람이었다.

이자들이 조선에서 탈출한 사람들이라고?

하지만 두 사람이 너무 쉽게 탈출했기 때문에 대부분의 조선 사람들은 그를 믿지 못했다.

지식인은 위기가 닥쳐오면 믿기 어려운 법이야!

증거가 없으니 좋다 나쁘다를 판단할 수는 없어.

만일 이 두 사람이 믿을 만하지 못한 자들이라면 그들이 우리 한가운데 들어온다는 것은 중대한 위험을 초래하는 것이 겠지요.

．．．．．．．

하하. 우리 아가 잘 있느냐?

김충창은 여전히 광둥 출신 부인에게 깊이 빠져 있었으며 두 사람은 아기가 태어나기를 학수고대했다.

너는 잠시 동안 직접적인 행동을 중지하고 휴식을 취해야 해. 요즘처럼 백색테러가 자행될 때는 어떻게든 살아 남아서 장차 중요한 일을 지도하기 위한 준비를 하는 것이 중요해.

우선 상하이에서 책이나 논문을 저술해 보는 게 어떻겠나. 그동안 너를 먹여살리는 데 드는 돈은 내가 충분히 벌 수 있어.

．．．．．

당신은 너무 행복에 겹군요. 결혼하더니 당신은 변했어요.

나는 지금 실제적인 투쟁을 그만둘 수가 없어요 오히려 더 강화하고 싶은 심정입니다.

김충창은 결혼한 후 참으로 많이 변했다. 전에는 아무 데나 자유로이 돌아다녔는데

이제는 자기 집에 틀어박혀서 하루 종일 글 쓰는 일에 만족하고 있었다.

내 가장 친한 친구를 뺏긴 기분이 들었다.

그래 네 말이 맞아! 사랑은 참으로 사람을 크게 변화시키지. 하지만 지금 나를 질책하지 마.

네가 여자를 알게 된다면 나보다도 훨씬 깊이 빠져들 거야!

후후. 난 절대로 결혼 따위는 안 해요.

어떤 아가씨도 내 적극적인 혁명 활동의 자리를 대신 들어설 수가 없어요. 당신에게는 자유가 없어요.

당신 부인은 따뜻한 분이긴 하지만 혁명가는 아닙니다. 당신이 그녀를 감화시켜야지 그녀의 감화를 받아서는 안 됩니다.

그래 네 말이 옳아! 하지만 너는 한 번도 여자를 감화시키려고 해본 적이 없잖아. 그것은 그렇게 쉬운 일이 아니야.

지금 베이징으로 가는 것은 어리석은 짓이야. 너무도 위험해!

오성륜은 1년 동안 상하이에 머물며 김충창의
처형과 깊은 사랑에 빠져 있었다.

그리고 그는 가을에 만주로 가서 7000명의
병력을 가진 항일단 제2사단의 정치위원으로
활동했다.

얼마 전 그는 나에게 편지를 띄워 내가 가능한
한 자기와 함께 싸우기를 원한다고 알렸다.

나는 베이징에 도착하자마자 베이징의 공산당 비서가 되었으며

또한 인사 문제를 관장하는 화베이 조직위원회 위원으로 선출되기도 했다.

붙잡히기만 하면 죽음을 피할 수 없기에 모든 것이 극비리에 지하에서 이루어졌다.

나는 다시 활동적인 일에 종사하게 되어 기쁘기 그지없었고 우리의 혁명 활동을 수행해 나갈 계획으로 머리가 꽉 차 있었다.

내 특별한 임무는 화베이와 만주에 있는 조선인 및 중국인의 모든 혁명 활동을 조정하는 것이었다.

그 후 난 한 아가씨를 알게 되었다.

아니오!

내가 의장을 맡고 있는 당의 활동가 회의에서 한 아가씨가 토론할 때 지도적인 역할을 해냈는데 매우 총명하고 경험이 많은 것 같았다.

그건 잘못된 방식입니다.

회의가 끝날때까지 계속해서 그녀에게 시선이 갔다.

새로운 방법을 찾아야 해요.

그녀는 강인하고 특이한 매력을 가지고 있었다.

당신과 나는 같은 부류의 사람이에요. 우리가 친구가 된다면 서로 즐거우리라 생각해요.

……

하하하

어 그래요… 미안합니다만 전 결혼하지 않으리라 맹세했습니다.

후후. 당신에게 나를 사랑해 달라고 애원하지는 않겠어요.

내 연인은 작년에 이곳 톈챠오에서 열아홉 명의 동지들과 함께 장쭤린한테 사형당했습니다. 그 이후로도 나는 마음이 언짢았어요.

또한 생활이 하도 허전해서 그동안 고통받았고 그 손실을 채워줄 만한 것을 하나도 발견할 수가 없었어요.

나는 아무한테나 쉽게 마음을 주지 않아요. 만약 당신이 나를 좋아한다면 그것은 나 자신뿐만 아니라 당신에게도 의미 있는 일이라 확신해도 좋을 거예요.

그만 이야기 합시다.

당신이 여자들에게 전혀 관심이 없다는 것도 잘 알고 있어요.

그렇기 때문에 우리의 우정이 보통의 우정과는 다르지 않을까 하는 생각이 드는군요.

제발… 이러지 마시오!

나는 어떤 아가씨와도 연애를 해본 적이 없어요.

게다가 1923년 이래 이 문제로 내 혁명 활동이 절대로 방해받지 않게 하겠다고 맹세해왔소.

내가 당신과 가까이 지낼 수 없는 것은 개인적인 이유 때문이 아니라 이미 오래 전에 이런 결정을 내렸기 때문입니다.

당신과 친구로서가 아니라 오직 당의 사업 관계를 통해서만 만날 수 있는 것입니다.

후후. 당신은 마음이 거칠군요.

그렇다면 매이는 것이 필요해요. 혁명을 하는 데는 둘이 함께 일하는 것이 혼자 일하는 것보다 얼마나 좋은지 아직 모르시는군요.

내가 당신을 도울 수도 있고 당신이 나를 도와줄 수도 있어요.

어쩔 수 없이 지하 생활을 해야 한다면, 한 남자와 한 여자 사이의 친밀한 우정은 심리적 안정과 더 깊은 동지애를 의미해요.

언젠가는 내 말이 옳다는 것을 인정하게 될 거예요.

나는 곧 위험한 사명을 띠고 만주로 가게 될 것입니다.

만일 당신이 나에게 얽매인다면 그것은 당신을 더욱 불행하게 만들 뿐이라고 생각합니다.

이미 당신은 한 연인을 희생시킨 경험이 있습니다.

지금 당신은 그 경험을 또 한 번 되풀이하려 할 뿐입니다.

만일 당신이 나를 사랑하게 된다면 내 마음이 깨끗하지 못하여 목숨을 걸 만큼 그렇게 열성적으로 일하지 않게 될 것입니다.

사랑은 남자나 여자를 겁쟁이로 만들지 않아요. 오히려 더 용감하고 더 결단력 있게 만들지요.

만일 사랑 때문에 당신의 용기가 줄어든다면 나는 당신을 경멸할 것이고 그러면 문제가 해결될 것입니다.

내 연인이 죽은 이래 나는 죽음에 대한 공포가 완전히 없어졌어요.

사랑이라는 것의 가치가 줄어들고
용기가 더욱 가치 있게 된 거예요.

지금은 혁명에 대한 나의 임무가
이전보다도 커졌어요.

내 임무뿐 아니라 그이의 임무까지도
수행해야 하기 때문이죠.

만일 당신마저 죽는다면 나를 믿고
자기 자신이 혁명 대열에서 사라져
버린다고는 생각지 마세요.

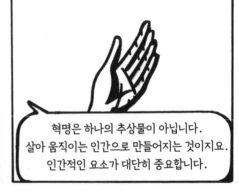

혁명은 하나의 추상물이 아닙니다.
살아 움직이는 인간으로 만들어지는 것이지요.
인간적인 요소가 대단히 중요합니다.

함께 있으면 우리는 튼튼하지만
떨어져 있으면, 당신도 나도 단지 개체에
불과할 뿐 완전한 하나의 단위를
이룰 수는 없습니다.

아마도 내가 만주에서 돌아올 때는…

아녜요. 그때는 너무 늦어요. 왜 당신은 사랑 한번 해보지 않고 죽으려고 하는 거죠?

!

혁명가도 사람입니다! 기계가 아니에요!

당신만 좋다면 나도 함께 가겠어요. 나는 위험한 일이 하나도 두렵지 않아요.

내가 도움이 될지도 모르고 당신이 조선 사람이라서 중국인 사이에서 할 수 없는 일도 나라면 할 수 있을지도 몰라요.

아냐 아냐 그럴 수는 없어!!

그렇다면 당신 맘대로 하세요. 편지나 보내주신다면 나는 그것으로 족해요. 나는 꼭 당신을 기다릴 거예요.

휴, 여자들이란 도대체가 맘대로 안 되는군.

나는 돌중보다도 더 나빠. 나는 바보야.

그래, 왜 나를 위해 애도해주는 사람조차 없는 상태로 만주에서 죽어야만 하지? 혁명가도 한 인간이야.

사실 이 말은 광둥에서 김충창을 변호하기 위해 내가 한 말이었다.

이봐! 혁명가도 남자이고 인간이잖소?

그런데 이 말을 이 아가씨가 나한테 거꾸로 들이댄 것이다.

아. 그게…

왜 당신은 사랑 한번 해보지 않고 죽으려고 하는 거죠?

히이루펑에서 구사일생으로 살아남고 상하이에서 앓는 동안 삶이 얼마나 귀중한가 하는 것을 알게 되었다.

그리고 나는 무의식적으로 훗날 나와 연애하게 될 이상적인 여성상을 그리고 있었다.

독립적이고 육체적으로 튼튼하고 지성이 있고 마음씨가 따뜻하며 용감하고 훌륭한 혁명가였으면 좋겠어.

거기에 꼭 들어맞는 사람이 류링이었다.

나는 중국공산당과 조선공산당을 연결시
키기 위해 중국공산당에 의해 만주로
파견되었다.

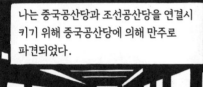

그 당시 양당은 아무런 관계도 가지지
않았다.

일본인 경찰들이 독살스런 눈을 하고 열차
안을 돌아다녀 조심하지 않으면 안 되었다.

나는 키가 크고 조선 사람처럼 생기기는 했지만
중국어에 능통했다.

중국인 학자처럼 보이게 두 손을 습관적으로
긴 소매 속에 찔러 넣고 구부정하게 구부리며
걸으면 학자 특유의 몸짓이 나온다.

나는 여관으로 가 베이징에서 받아온 주소로
공산당 조직에 암호편지를 띄웠다.

경찰이 서신을 가로챘을 경우에 대비
하기 위해 주의했다.

아니오.
그런 적 없소.

허허허

걱정마시오. 당신이 보낸
편지를 들고 왔소.

우리는 만주에서 조선인－중국인 농민동맹을
조직하기로 했다.

그럽시다!

중국인 지배계급에 대한
농민투쟁을 지도합시다.

만주에 있는 조선공산주의자들의 생활은
비참하리만치 형편없어서 상당수가 병들어
있었다.

심지어는 이따금씩 산속에서 눈비를 맞으며
땅바닥에서 잤다.

그 당시 재만조선인들은 중국 국적을 얻기 위해 투쟁하고 있었다.

왜놈들은 모든 조선인을 일본 국적하에 두려고 하지.

하지만 중국에 귀화하려고 애쓰는 조선 사람들에게 돌아오는 결과는…

왜놈은 왜놈대로 그들을 아직도 조선인이라 하여 체포하고,

또한 중국인은 중국인들대로 그들은 자기 나라 국민이라 하여 처형한다는 식이지요.

나는 신변이 위험해짐에 따라 안둥을 거쳐 다시 베이징으로 돌아갔다.

편지가 왔다.

류링이 만나고 싶다는 편지였다.

돌아오자마자 곧바로 당의 둥지를 만나는 것은 너무나 위험하기 때문에 불가능하오...

사실 나는 만주에 있던 몇 달 동안 내내 그녀 생각을 했다.

그것은 즐거운 상념이었다.

아아아

살아 있다는 것은 좋은 일이다.

다음 날 오후, 나는 그녀를 데리고 베이하이로 갔다.

우리는 아주 즐겁고 가벼운 마음으로 맑고 쌀쌀한 공기를 마시며 손을 맞잡고 공원을 이리저리 거닐었다.

호호호

하하하

하니하오!

지나가는 사람들이 미소를 지었고 우리도 미소를 지었다.

온 세상이 친근하게 느껴졌으며 빛과 영광으로 가득했다.

우리는 벤치에 앉아서 석양이 베이하이의 흰 사리탑에다 풋내기 예술가처럼 알록달록하게 수를 놓는 것을 바라보았다.

나는 그녀의 허리를 감싸고 있는 내손이
추위에 얼어붙는 것조차 몰랐다.

이처럼 젊고 행복했던 때가 있었던가.

마치 다른 별 위에서 새 생활이 시작되고
있는 기분이 들었다.

겨우 어제까지만 해도 나는 인류의 짐을
어깨에 지고 있지 않았던가.

아…

그날 밤, 나는 김충창과 오성륜에게 각각
편지를 띄웠다.

허허허…

나는 당신의 낭만적인 난센스를 모조리
용서합니다. 실은 오늘 밤 나는 어느사람이
저지른 어떠한 일이라도 용서해주고
싶은 심정입니다. 김형이 내게 한말
이 맞았어요. 유감스럽게도 너무나
정확했어요.

이 고백을 받고 그들이 얼마나 통쾌했겠는가!

하하하. 내 말이 맞지?

녀석, 남자가 됐어!

그래 기분이 어떤가?

훨훨 날아갈 것 같지 않나!

우리는 어느 여관에 방을 하나 얻어 서로 행복하게 생활했다.

하하하

호호호!

나에게는 그녀가 하는 말이 모두가 매력적이고 기지가 넘쳐흐른다고 생각되었고,

내가 언제…?

연애 따위는 안 한다고 하지 않았나요?

그녀도 내 이야기가 재기 넘치고 재미있다고 느끼는 모양이었다.

아, 당신은 예외예요.

하하하하

호호호

고마워요.

일상생활에서 일어나는 가장 사소한 일조차도 흥미롭고 유쾌하게 느껴졌다.

우리의 동반자 의식은 점점 자극을 받아 높아가고 있었다.

내 두뇌는 더욱 날카로워지고 몸은 새로운 활력으로 가득찼다.

하이루펑에서 얻은 병이란 병은 몽땅 영원히 쓸려 내려간 것 같았다.

때때로 나는 한밤중에 일어나 이 모두가 꿈이라고 생각하곤 했다.

말라리아로 인한 환각을 일으키고 있는 것이 아닌가 생각할 정도였다.

우리는 몇 달 동안 행복에 겨울 정도로 함께 살았다.

안전한 여관이 하나도 없어서 붙잡히지 않으려면 자주 옮겨 다녀야 했지만.

우리는 이런 잦은 이동을 모험처럼 여기고 즐거워했다.

우리는 혁명 사업을 계속했고 나는 그녀의 말이 확실히 옳다고 생각했다.

둘은 하나의 단단한 단위였다.

우리는 의기소침할 때는 서로 위로했고 승리와 패배를 함께 나눌 수 있다.

생활은 자연스럽고 건강하고 훌륭한 것이었다.

류링은 튼튼했으며 생활의 어려움이나 음식의
빈곤함에 대해 힘든 내색을 하지 않았다.

가난하다는 것이 조그마한 안락의 가치를
증대시켰고 그럼으로써 우리의 사랑을
귀하게 만들어주었다.

우리는 많은 문제점을 안고 있었지만 그것들도
스스로 해결되는 듯이 보였다.

류링은 나의 이상적인 여자였다.

나는 우리 아버지의 의견을
크게 존중한 적이 없어.

그런데 딱 한 번 아버지가
명언을 한 적이 있었지.

만일 사내의 삶이 여자에게 지배당하게
된다면 그 사내는 200프로 노예야.

하지만 여자가 사내에게 지배받는다면
그 여자는 50프로만이 노예지.

후후. 우리는 너무나
닮았어요.

당신이 내게 하는 모든 말을
나 역시 당신에게 할 수 있어요.

확실히 그녀는 내게 아무런 부담이
되지 않았다.

하하하

호호호—

그러나 류링에게는 말하지 않았지만,
나는 행복하지 못했다.

......

내 본질 속에는 행복이라는 것이 없으며
행복함을 찾는 것조차도 잘못이라는
결론을 내렸다.

다른 여자와 함께 있다 할지라도 나는
다시 불행해질 수밖에 없으리라.

부릉릉-

우리는 베이징에서 광둥코뮌 기념일 추도
일를 준비하려고 아파트에 들어서다가
경찰에 붙잡혔다.

놈들은 회의에 참석하러 오는 사람들을
더 많이 붙잡기 위해 기다리고 있었던
것이다.

나는 도망치기 위해 경찰에 맞서 싸웠
지만 제압당하고 말았다. 같이 있던 중국인
들은 전혀 도우려 하지 않았다.

아까 왜 당신들은 병신같이 거기 서 있었소?
모두가 겁쟁이뿐인가요? 왜 도망치지 않소!

우리는 문화인이오!

그토록 훌륭하게 개화되었다고 하지만 결국 그네들은 모두 일반 살인범과 마찬가지로 꽁꽁 묶이고 말았다.

언제 공산당에 가입했지? 어느 부서에 있었지?

나는 공산당원이 아니오!

나는 조선민족주의자이고 조선독립당 이외에는 어떤 당과도 관계가 없소!

나는 중국 계급투쟁을 걱정할 시간이 조금도 없어요. 우리 민족운동하는 데도 바빠오.

나는 분명히 법을 깨뜨렸다. 그래서 여기에 끌려 온 것이다!

나는 이제 교도소법도 깨뜨리겠다. 그러면 어쩔 테냐!

글쎄. 조선의 독립을 위해서라면 당신은 아마 중국공산당이라도 이용하려고 하겠지.

튓튓!

다음 날 또 다음 날 밥을 집어던졌다.

나중에는 굶어 힘이 없어 식판을 들수도 없었다.

쯧쯧쯧

당신이 대답하지 않으면 혐의가 풀리지 않을 거요. 빨리 대답하면 사건을 일단락 짓겠소.

나는 3일간 단식투쟁을 했다.

말을 하기 싫으면 글을 쓰시오.
그러면 상관에게 보내서 석방이나
재판 여부를 결정할 것이오.

나는 거절했다.

이 친구는 이미 끝났어.

그게 무슨 말이오?
도대체 무슨 말을 한 거요.

아무 말도 아니오.

사실 당신이 오르그*라는
것을 이미 당신 동지들이
실토했소!

* **오르그**: 상급 단체에서 내려온 지도원을 일컫는 말.

정치범을 비밀리에 처형하는 곳인 군사령부로 이송되는 것인가?

이 두 사람은 그다지 힘이 세 보이지 않는다. 넘어뜨리고 도망갈까?

밥 먹었어?

아니!

그런데

어이, 여기요!

경찰국 앞에는 일본 대사관 감찰이 붙은 자동차 한 대와 두 명의 일본인이 있었다.

타시오!

여러가지 생각이 번개같이 머리를 스쳐갔다.

아아아

일본 법정에서 해야 할 이야기들을 하나도 준비해두지 못했던 것이다.

하하하. 기분이 어떻소.

중국 경찰 밑에서 얼마나 시달렸겠소? 이제는 염려마시오. 우리 일본은 공정한 법을 가지고 있으니까. 허허허

중국 감옥이라면 당신은 확실히 목이 잘리겠지만 우리의 최고 형량은 7년이오.

당신은 당신 사건과 그에 따른 형량을 짐작할 수 있을 거요.

내 머릿속은 걱정으로 소용돌이치고 있었다.

나는 왜놈에게 붙잡혔던 수많은 친구들을 모조리 기억해내려고 애썼다. 나에 대해 거론된 것이 무엇일까?

놈들이 얼마나 알고 있을까?

놈들이 어떤 증거를 얻을 수 있었을까?

이가 있소?

상당히 많소.
이의 식민지요.

쳇! 중국 경찰은 너무 더럽단 말이야.

아니오. 중국 경찰이 더러운 게
아니라 내가 더럽소.

목욕하러 갑시다!

그 기회에 총알 자국이나 고문 자국이 보이기를
기대하며 내 알몸을 쳐다보았다.

어디 보자… 음…

그러고 나서 내가 총을 사용했는지 여부를 보기 위해 엄지손가락 밑 쪽을 더듬어 보았다. 나는 권총만을 사용했을 뿐이다.

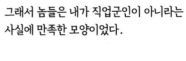

그래서 놈들은 내가 직업군인이 아니라는 사실에 만족한 모양이었다.

군인은 아닌 것 같지?

나는 지식인처럼 보였던 것이다.

사흘 뒤.

하하하 그동안 잘 쉬었소?

자, 우리 인간적으로 허물없이 이야기 합시다. 당신이 어떤 말을 하든지 누를 끼치지 않을 것이고 당신 같은 유형의 조선인을 이해하고 싶을 뿐이오.

당신이 한 말은 일체 법정 기록의 자료로 삼지 않겠다고 약속하겠소.

저놈은 나를 어린애로 생각하는군 내가 그런 말을 믿으리라고 진정으로 생각하고 있는 걸까?

나는 일본어가 형편없소. 몇 해 동안 사용해본 적이 없으니까. 그래서 안타깝게도 내 생각을 자유롭게 표현할 수가 없소.

무슨 소리요? 당신 일본어는 훌륭하오. 허허허

…!

나는 그가 나를 단지 이상을 꿈꾸는 학생이요, 철학자일 뿐이라고 생각해주기를 바랐다.

언제부터 마르크스 이론 공부를 시작했소?

중국혁명이 실패한 이후요.

응? 베이징에 살기 이전부터 이미 공산주의 동조자가 아니었나? 이미 혁명적인 잡지들을 읽지 않았소?

생각이 안 나는군요.

1927년 이후부터 겨우 3년 동안 마르크스주의를 연구했다는 말이로군.

전에는 이미 알고만 있었을 뿐이오. 일반적인 관심만을 줄곧 가지고 있었소.

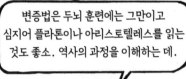

변증법은 두뇌 훈련에는 그만이고 심지어 플라톤이나 아리스토텔레스를 읽는 것도 좋소. 역사의 과정을 이해하는 데.

하지만 난 일차적으로 윤리학에 관심이 있소.

나는 인간의 의지가 자유롭다고 믿지는 않소. 인간의 의지를 결정하는 것이 무엇인지…

나는 수많은 철학적 논의로 그를 지쳐 떨어지게 만들 작정이었다.

확신할 수는 없지만.

그만!

그렇다면 당신은 마르크스주의 이론의 실천을 신봉하오?

현재는 단지 이론을 공부하고 있을 따름이오. 1927년 이전에는 중국혁명이 성공할 것이라 믿었지요.

모든 중국인이 제국주의와 봉건주의에 반대하고 있다고 생각한 것이오!

그러나 혁명이 실패하자 나는 사람들을 맹목적으로 따라다니기만 한···

ㅋㅋㅋㅋ

이놈이 얼마나 알고 있을까?

····

당신은 공산당원이 아니라고 맹세하오?

그렇소. 공산주의를 공부하고 있기는 하지만 공산당원이 아니오!

그럼 공부가 끝나면 공산당원이 될 생각이오?

지금 당장은 어떻다고 말할 수 없소.

당신은 계급투쟁을 선동할 생각이오?

내게 계급투쟁을 선동할 힘이 있을지 모르겠소. 나는 내 능력을 그다지 자부하지 못하오.

허허허. 당신 혀는 대단히 매끄럽군.

장지락! 이것이 당신 이름이오?

그렇소. 내 이름이오.

이 보고서는 조선총독부에서 보내온 것이오. 분명히 당신은 신문 보도와는 달리 1929년 베이징에서 죽지 않았소.

그런데 당신 부모는 당신이 죽었다고 생각하고 있소. 당신은 부모님께 편지를 하지 않았더군.

공산주의자들은 자기네 부모를 인정하지 않는다는 말이 사실이오?

나는 공산주의자가 아니오. 그들이 자기 부모를 어떻게 생각하는지도 모르오.

1929년 베이징에서 공산주의자들과 민족주의자 사이에 심각한 정치 투쟁이 일어났을 때 눈과 코 사이를 나이프로 찔렸던 일이 있었다.

그때 그 사건으로 조선 신문에 크게 났는데 그때 사망자 명단에 내 이름이 있었던 것이다.

자, 이제 진실을 써주어야만 하오. 우리는 이처럼 당신에 관한 커다란 서류철을 가지고 있소.

괜히 거짓말을 해봐야 아무런 소용없소.

당신의 부모, 친가 외가 친척들의 이름을 쓰고 언제 어떻게 체포되었는지 쓰시오.

놈들이 요리조리 캐내려는 것을 가까스로 막아내며 꼬박 사흘 동안 써 내려 갔다.

사인해라!

흠… 두 가지 이유 때문에 우리는 당신을 석방해줄 수가 없어. 첫째, 당신이 광저우에 있는 조선청년혁명연맹 중앙위원이었다는 증거를 가지고 있소.

둘째, 당신은 중국 공산주의자들과 관계가 있소. 관련 중국인이 자백했소!

나는 단지 프롤레타리아 문화연맹에 들어 있었을 뿐이오. 당신이 말하는 중국 사람은 보지도 못 했소!

그는 거짓말을 하고 있는 것이오!

당신 동지들은 당신이 연관이 있다고 말했소. 도대체 당신은 무슨 이유로 아니오, 아니오를 되풀이하고 있는 것이오.

아무래도 연맹과의 관계를 자백하는 것이 좋을 거요. 만일 당신이 자백을 한다면 우리 일본 법정으로 보내겠소. 고문은 전혀 하지 않을 거요.

하지만 끝까지 아니라고 하면 조선으로 보낼 수밖에 없소 조선에서는 어떻게든 자백을 받아내려고 할 것이오.

개인적으로는 나는 당신을 도와주고 싶소.

일본 경찰들은 굉장히 영리하며 훈련이 잘 되어 있었다.

나는 관계가 있다는 낭설을 부정하오.

안타깝구먼…

우리는 역까지 차를 타고 갔다.

나는 마지막으로 근처의 시계종이 마치
신음처럼 울리는 걸 들었다.

우리는 이등칸에 올랐다.

나와 함께 가는 형사는 와세다대학 출신이었
는데 꽤 감상적인 사내였다.

당신과 함께 가게 되어
기쁘오. 반갑습니다.

감옥에서 느꼈던 것을
좀 말씀해주시겠습니까?

・・・・・

모든 일본인은 용기 있는 삶을 찬미하며
겉으로는 혁명가를 미워한다 할지라도
속으로는 존경한다.

감옥…

중국인이라면 혁명가를 바보 아니면 돈을 가져
다주는 대리인쯤으로 여길 것이다.

감옥은 인간성 연마를
위한 최고의 대학이지요.

아~ 최고의 대학…

그곳에서 무엇을 배웠나요?

내 자신 속에 엄청난 힘을 가지고
있다는 것을 배웠지요.
내게 힘이 없다면 당국이 나를
억누르기 위해 그토록 많은 힘을
사용할 필요가 어디 있겠소.

국가와 나는 대등합니다.

아~

비록 나는 조선에 가본 적이 없지만 나는 조선을 매우 좋아합니다. 실은 내 아내도 조선 사람이지요. 하하

당신네 말로 제게 시를 한 편 써주셔도 좋습니다.

그러면 안사람이 번역을 해줄 겁니다. 안사람은 그걸 고이 간직할 것입니다.

나는 시를 가지고 있지 않으며 이런 순간에 시를 짓고 싶은 마음이 안 듭니다.

아~ 그러면 나는 아직까지도 한 번도 인터내셔널가를 들어본 적이 없습니다. 그 노래 좀 불러주시지 않겠어요?

대단히 훌륭한 노래라고 들었습니다.

오늘은 인터내셔널가를 부르고 싶은 생각이 없군요. 그것은 승리의 노래이지 패배의 노래가 아닙니다.

하지만 조선말로 가사를 써드리지요. 그러면 당신 부인이 번역할 수 있을 겁니다.

아 대단히 감동적인 노래군요.
내가 이제껏 들었던 노래 중에 가장
아름다운 노래였어요.

아리가또-!

당신 부인도 이 노래를 알고 있지요.
조선 사람이면 누구나 대대로
이 노래를 알고 있지요.

아!

만일 부인이 이 노래를 부르는 것을 들으면
당신은 부인에게 새 옷을 사주고 친절히
대해주지 않고서는 못배길 겁니다.

하하하

이 노래를 절대 잊지 않겠스무니다.

해외에 파견되는 일본인 관리는 말단 직원
까지도 교육이 잘 되어 있다. 이들은 일본
제국의 전위인 것이다.

조선 국내의 경찰은 이들과는 질이 다르다.
조선에서는 이미 패권을 장악하고 있어 이류 행정
관리들이 파견되는 것이다.

행운이 있길 바라오!
잘 가시오!

나는 작은 배로 다롄으로 압송되어 하룻밤을 지내고 다음 날 국경에 있는 안둥까지 갔다.

왜놈 병사 두놈이 나를 오토바이에 태워 얼어붙은 압록강을 건넜다.

날씨가 엄청나게 추웠고 눈보라가 무섭도록 불어닥쳤다.

두 귀가 얼어버렸다.

꽁꽁 묶여 있어서 귀를 보호할 수가 없었던 것이다.

어느 초라한 경찰서 방 안에서

고노 야로!

첫 고문이 시작되었다.

컥컥컥

으어억—

입 벌려 이 새끼야!

다른 한 놈은 자백을 받기 위해 연필과 종이를 들고 옆에 서 있었다.

빨리 불어!

놈들은 입과 코로 가는 관을 집어넣고 머리 카락을 끌어 당겨서 머리를 낮게 만들었다.

압력이 너무나 거세서 위장이 부풀어 터질 것만 같았다.

놈들은 내가 의식을 잃을때까지 목을 조르기도 했다.

컥컥컥!

이햐 참 지독한 놈이군!

옥중에 있는 네놈의 동지 둘이 이미 네놈과의 관계를 증언했어.

이래도 거짓말을 해서 풀려날 수 있다고 생각하나? 응!

난 몰라요. 모르오. 크흑

그곳은 습기가 차고 더럽기 짝이 없는 곳이었다.

나는 독방을 사용하고 있었지만 다른 열 개의 감방에는 4~6명의 죄수가 짐짝처럼 들어 있었다.

매일같이 약 30명의 신입이 들어오고 이송되곤 했다.

나는 이 감방 안에서 40일 동안 있었다.

어느 일요일 날 왜놈 형사 한 놈이 들어오더니 게다짝을 가지고 살이 터져 드러날 때까지 정강이를 마구 때렸다.

악악

고노야로!!

우린 이미 알고 있는데도 왜 고집을 부리는 거지?

크어어헉ー

난 두 사람을 전에 한 번도 본 적이 없소! 그자들을 나에게 데려오시오! 날 알아보지 못할 거요.

정강이의 얻어맞은 곳이 썩어 들어가 몹시 쑤셨다.

폐와 코에서도 출혈이 계속되어 나를 괴롭혔다.

대개 왜놈들은 지식인을 정신적으로 고문할 뿐 육체적으로 고문하지 않는다.

형사 두 놈이 피의자를 3일 밤낮을 계속해서 한자리에 서 있게 만든다.

피의자가 지쳐서 잠이 들면 형사들이 두들겨 패고 소리를 지른다.

이런 일을 오랫동안 계속하고 있노라면 머리가 멍해지고 피의자는 아무런 의지도 없이 아무것이나 자백할 수밖에 없게 된다.

이것은 매우 위험한 고문이었다. 의사가 보더라도 아무런 표시가 남지 않는다.

고문으로 생긴 육체적 증거에 대해서는 여론이 분분했지만, 이러한 정신질환의 경우는 그다지 많은 주의를 끌지 못했다.

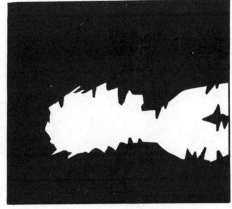

나는 조선의 중심지인 신의주에 있는 큰 감옥으로 이송되었다.

이 감옥에는 1000명 이상이 수용되어 있었다. 왜놈을 죽였거나 협조한 사람은 사형이었고 그렇지 않았을 때는 유기징역이었다.

1910년 이래 독립과 자유를 위해 싸운 가장 걸출한 조선의 독립 투사들 수천 명이 이곳에서 처형되었다.

콰!

어이! 만주에서 왔소?

아니오… 베이징에서 왔소!

한동안 아무도 말을 거는 사람이 없었다. 만주가 조선인 활동의 중심지였던 것이다.

응?

이봐 저 친구가 공산주의 사건으로 왔다고 해!

내가 무슨 죄로 기소되었는지 알게 되자 내 주위로 몰려들었다.

요새 무엇 때문에 그렇게도 공산주의자들이 체포되고 있는 것이오?

잘 모르겠소.

쯧쯧 안타깝군. 공산주의자들은 많은 경험을 가지고 있는데 모조리 체포되 버리면 누가 일을 한단 말인가.

내 공판이 열릴 때까지 비둘기집에서 대기하는데 벽에는 손톱으로 쓴 앞서 다녀 간 사람들의 글귀가 많이 있었다.

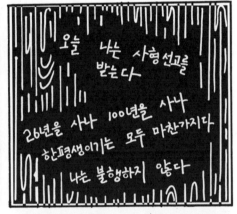

오늘 나는 사형 선고를 받는다

26년을 사나 100년을 사나 한 평생이기는 모두 마찬가지다

나는 불행하지 않다

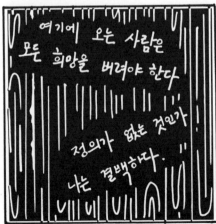

여기에 오는 사람은 모든 희망을 버려야 한다

정의가 없는 것인가 나는 결백하다.

이곳에 들어올때는 걸어들어 왔지만 나갈때는 걸어 나가지 못할지도 모른다

445

일본 천황이나 재판관 그리고 왜놈에 대한
저주도 많이 있었다.

우리 가난한 동포의 피눈물이 아로새겨져
있었다.

법정에는 나에 대한 증거를 제시했던 동지들이
있었다.

두 사람은 이자를 알고 있는가?
조선혁명청년연맹의 일원이 맞는가?

맞습니다! 저 사람은 청년연맹의 일원
이었습니다. 저 사람은 광저우에서 마지막으로
소집된 회의에서 선출되었습니다.

하지만…

!

저 사람은 참석하지 않았으므로 아마도 그 사실을 몰랐을 겁니다. 우리는 저 사람을 어디에서 찾아야 할지도 몰랐고 연락을 취할 수도 없었습니다.

....

내 사건은 기각되었다.

탕 탕 탕

현재 당신의 증거가 유죄를 내릴 만큼 충분하지는 않아. 그러니 석방될 거야.

하지만 운이 좋았을 뿐이라는 점을 명심해야 해. 앞으로 당신은 일거수일투족 감시를 받을 거야.

고문을 받으면서 보인 내 인내는 헛수고가 아니었다.

나는 평양 근처에 있는 고향으로 돌아가서 두 달 동안 지냈다.

어머니…

지락아!

나는 병들고 허약해졌다.

기침이 나고 폐결핵에 걸려 매일같이 폐에서 혈담이 나왔다.

쿨럭쿨럭

쿨럭 쿨럭 컥

한때 그렇게 건강하던 나는 이제 걸어다니는 폐인이 되었다.

겨우 스물여섯 나이에…

……

어머니… 저 사람은 보기 싫은 늙은이예요!

너, 삼촌한테 그게 무슨 소리니?

엄마는 그분이 씩씩하고 멋진 사람이라고 했잖아요.

쿨럭 쿨럭!

......

꼬끼오~!

쿨럭 쿨럭

아버지는 이제 아주 늙으셨지만 아직도 밭에 나가 일하고 계셨다.

아버지는 옛날 그대로 보수적이셨고 별로 말씀이 없으셨다.

아버지에게 나는 아직도 배은망덕한 후레자식이었다.

조선에서는 출소자에 대한 사람들의 태도가 중국하고는 다르다. 조선 사람들은 출소한 사람을 존경하며 친절히 대해준다.

이거 좀 드시고 힘내시우.

고맙소!

중국에서는 귀찮은 일이 일어날까 봐 아무도 출소자를 도와주지 않는다.

그래서 나는 위험을 무릅쓰고 도와주는 중국인 혁명가들을 보면 찬탄을 금할 수가 없다.

그동안 나는 처음으로 모성애의 의미와 헌신이 어떤 것인가를 알았다.

특별한 음식을 만든다고 야단법석을 피우고 신주 모시듯이 하는 것이 불편하기는 했지만

후후―

어머니의 그런 마음에 눈시울이 뜨거워졌다.

어여 남김없이 먹어라.

네…

그래서 내가 살아온 이야기를 몇 가지 드렸다.

제가 그때 그 일 때문에 죽을 뻔 했어요…

공산주의자나 민족주의자나 다 똑같은 사람들이다.

어머니는 조선 독립을 위한 나의 투쟁을 동정해주셨으며 또한 독립을 바라고 계셨다.

아리랑~ 아리랑~

지락아~!

조선이 자유로운 나라가 된 다음에는 이곳에 와서 나와 함께 살지 않겠니?

······

모함

내가 베이징으로 돌아간 것은
1931년 6월이었다.

6월의 베이징은 아름다웠다.

내가 체포된 겨울에는 그토록 적막하던
흐릿한 회색 벽 위로 거대한 아카시아
나무가 그 푸른 가지를 드리우고 있었다.

나는 자유의 몸이 되었다는 것을 알려주기
위해 류링을 찾아나섰다.

혹시 류링 그녀가 어디에
있는지 아시오?

. . . .

당신이 체포된 후 그녀의 모습은 비참했어요. 당신이 조선으로 압송된 것을 알자…

그녀는 당신이 몇 년 동안이나 감옥살이를 할 것이라고 생각하고는 칭다오로 일하러 갔지요…

그 무렵 대량 검거가 일어났던 걸로 보아 그곳에서 아마도 한푸주에게 체포된 것 같습니다.

체포된 사람들 거의 모두가 처형당했지요…

그녀가 다른 이름을 사용하고 있어서 우리는 그녀가 어떻게 되었는지 알 수가 없었습니다만 아마도 살아남지 못했으리라 생각하고 있지요.

나는 화사한… 아주 오래전 오후의 첫 데이트 때의 우리 만큼이나 화사한 봄꽃한데서 위안을 찾으면서 베이하이 공원을 배회했다.

이날은 아무도 나를 향해 미소짓지 않았다.

몇몇 학생들이 병원에 뛰쳐나온 홀쭉한 사내가 이리저리 방황하는 모습을 호기심 어린 눈초리로 바라볼 따름이었다.

하지만 이것은 단지 첫 타격에 불과했다.

나는 동지들이 친절한 태도를 보이고는 있지만 나와 만나기를 꺼려한다는 것을 알았다.

미안하오. 내가 바빠서…

처음에는 왜 그러는지 도무지 알 수가 없었다.

이윽고 나에게 적의를 품고 있는 자들이 나를 중상모략하는 비밀 보고서를 당에 제출했다는 것을 알았다.

사실은…

뭐요!

자네가 어떻게 해서 조선의 감옥에서 쉽게 석방되었는지 의문이 담겨 있는 보고서라네.

누가 그런 짓을…

이런 비방을 한 사람은 이전에 국내외 대량 검거를 피해 탈출했던 사람으로, 내가 반대해서 당 조직에 들어오지 못하게 했던 한씨라는 조선인이었다.

그는 일본의 특무일 가능성이 있습니다.

내 공격이 개인적인 것이 아니었음에도
불구하고 그는 나를 미워했다.

우리에게 위협이 됩니다!

그는 조선인 민족주의자 몇 사람을 동원하고
몇몇 공산당원들까지도 나를 믿지 못하게
만들었다.

장지락, 그자는 자술서를 감옥
에서 썼으며 첩자로써 왜놈들과
비밀 연락을 강요받았을 것이다.

나를 알고 있는 중국인들은 내 편이 되어주었다.

그따위 가능성은 믿지 않지만
그래도 신뢰 회복을 위해서라면
밝혀야 하지 않겠나.

중국공산당은 내 문제의 해결을 위해
사정회의를 소집했다.

장 동지! 체포 경위를 말하시오.

나는 체포에서 재판받기까지의 모든 사항을
자세히 이야기했다.

...증거 불충분으로 풀려나올 수
있었습니다. 한씨 당신이 나를 믿지 못하는
증거를 보여 달라.

흥! 저 사람의 유죄를 결정할 수 있는
방법은 하나도 없습니다.

하지만 바로 이 때문에 우리는
그의 결백을 믿을 수가 없습니다.

장 동지 때문에 체포된 사람은 없었으며 이제까지 그는 아무 문제도 일으키지 않았지 않았소!

그렇습니다! 이 순간까지도 그것은 사실입니다. 그렇지만 저 사람이 우리 조직을 왜놈들에게 팔아먹고 파괴할 결정적인 시기를 기다리고 있는 것이 분명합니다.

그를 믿는다는 것은 우리 당을 위험에 노출시키는 것입니다.

당신은 꿈을 꾸고 있어요!

개인적인 복수는 그만 하시오!

마침내 사정회의는 내가 무죄라고 결정했다.

조선 사람들이 장 동지를 적대시하는 것은 잘못이며 공정하지 못하오. 그는 훌륭하고 강인한 당원이오!

그럼에도 불구하고 한씨는 나에 대한 비공개적인 악선전을 멈추지 않았다.

누명을 벗어서 다행이오.

쳇!

그는 계속해서 나를 비난했다.

그는 리리산주의자*이며 지도부에서 일할 자격이 없소!

성마다 체포되는 사람이 늘어났고 배반자가 놀라울 정도로 불어났다. 베이징 당 조직은 깨어졌고 우리와 모든 연락이 단절되었다.

나는 일자리도 구하지 못하고 돈도 한 푼도 없었다.

열병이 심해져 자선 진료소에 찾아갔더니

쿨럭 쿨럭-

!

아이고. 양쪽 폐가 지독히 나빠졌고 결핵이 급속히 번지고 있소.

어째서 양쪽 폐가 이런 정도로 나빠지고 염증을 일으키게 되었을까요?

이대로 그냥 두었다가는 오래 살 수 없을 거요. 영양 섭취를 하시오!

*리리산주의: 중국공산당 리리산(李立三·이립삼)이 추구한 급진적인 좌경주의 노선을 뜻한다.

그렇지만 나는 이 지경에 이른 것이 일본 감옥에서 받은 고문 때문이라는 사실을 말할 수가 없었다.

쿨럭 쿨럭

난 쌀 한 되 살 돈도 없었다. 어떻게 달걀과 고기를 사 먹고 '몇 달 동안의 휴양'을 할 수 있단 말인가.

내가 결핵에 걸렸다는 것은 커다란 충격 이었다.

쿨럭

쿨럭

좌절과 궁핍 때문에 나는 아무 일에나 화를 냈다.

으아아~! 저리가 으악ㅡ

여러 날 동안 한숨도 자지 못했고 궁핍에 시달리며 살았다.

하숙집 주인은 매일같이 방세를 달라고 성화 였으며 나를 내쫓고 싶어 했다.

방세를 언제 줄 거요. 도대체!

죄… 죄송합니다.

나는 지칠 대로 지쳐 걸을 수 없을 지경이었다.

그러지 말고 아편이라도 맞는 게 어떻겠소?

그리고 좀 안정되면 일을 해서 돈을 벌 수 있지 않겠소?

병원에서는 내가 악성 신경흥분 상태에 빠져 있다고 말했다. 이것은 하이루펑 시절과 감옥생활에서 물려받은 것이었다.

히히히히ㅡ

으으으윽악

나는 아무하고도 말하려 하지 않고 단지 뜰 안에서 개하고만 놀았다.

멍!

만일 하숙집 주인이 내 신원을 의심했더라면 나를 경찰에 넘기고 많은 돈을 받을 수가 있었을 것이다.

나는 매일같이 그런 일이 일어나기를 반쯤은 기다리고 있었다.

그것도 빚을 갚는 하나의 방법이니까.

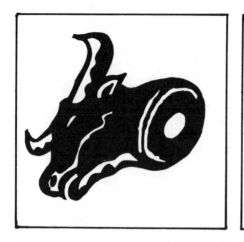

이 즈음 나는 숙적인 한씨가 귀신들린 것처럼 아직까지도 나에 대해 거짓말을 퍼뜨리고 있다는 것을 알았다.

뭐… 내… 내가 왜놈의 스파이라고…

나는 불같이 화가 치밀어 올랐다.

그놈은 사람이 아니라 독사다.

익

쉬 이

놈은 내게 한 것과 똑같은 짓거리를 다른 사람에게도 하리라.

놈을 죽여 그런 짐승같은 놈을 영원히 이 세상에서 싹 쓸어버리자.

안 될 이유가 무엇인가?

이런 생각이 나를 짓누르고 있던 깊은 좌절감과 무력감을 해소시켜 주는 듯했다.

설사 그 놈이 나를 죽인다 하더라도
그 또한 괜찮았다.

나는 절망과 분노에 떨며 마지막 힘을 내어
날카로운 비수를 품고 한씨를 찾아갔다.

그는 집에 혼자 있었다.

그는 움직이지 않았다.

나는 기다렸다.

이윽고 나는 그의 눈에 눈물이 고여 있는 것을 보았다.

그 눈물은 두려움에서 나온 눈물이 아니라 부끄러움과 후회의 눈물이라는 것을 알 수 있었다.

나는 그가 불쌍해서 칼을 식탁 위에 남겨둔 채 천천히 방을 나왔다.

분노가 사라져버렸다.

대신 그 자리에는 지독한 슬픔만이 남아 있었다.

어 흑흑흑—

나는 아무도 죽이고 싶지 않았다.

나에게는 육체적으로도 그렇고 정신적으로도 나 자신을 죽일 힘밖에 남아 있지 않았다.

하지만 나에게는 총도 없었고 독약을 살 돈도 없었다.

물에 빠져 죽는 것이 쉽겠지만 안타깝게도 베이징에는 빠져 죽을 만한 곳이 한 군데도 없었다.

나는 아름답고 맑은 조국의 강을 떠올렸다.

그곳이라면 즐거이 뛰어들 텐데.
나는 바야흐로 죽음을 앞두고 조국의 아름다운
강과 사랑스런 푸른 산을 떠올렸다.
우리가 이국 땅에서 죽더라도
삼천리 강산만은 살아남으리라.

내 영웅적 시절의 친구들이여. 나를 옛날
그대로 기억해주시오. 광둥코뮌에서도
하이루펑에서, 만주에서도, 감옥에서도
죽지 않았다는 사실은 잊어주시오. 내 일부는
그런 곳에서 죽었고 일부는 그 어느 곳에도
묻히지 않고 쓰러져 있소.

이다지도 쉽게 고통을 없애주고 조용히 죽게 해주다니 자연이란 얼마나 친절한 존재인가…

열이 내 뼈를 기분좋게 덮어주었다.

이보시오.

정신 차리시오!

이보시오. 이보시오.

당신은 며칠 동안 아무것도 먹지 않았소.

열이 대단했어요 설령 당신이 죽기를 원한다고 하더라도 젊은 사람이 이런 식으로 죽는다는 건 개죽음이에요.

방세는 아무 염려 마세요. 밥을 먹고 몸이 좋아지면 고향의 노친네한테로 돌아가시구랴.

…

그러니까 내 집에서 죽지 마시오.

그는 자기가 시체를 책임지게 될까 봐 내 건강이 어느 정도 회복되면 내쫓으려고 했다.

돌이켜보면 그간 잠잠하던 말라리아가 불과 며칠 사이에 도져서 그 고열이 내 병의 치료를 도와주지 않았나 생각된다.

의식을 잃고 잠에 곯아 떨어진 결과 신경과 육체가 휴식을 취하게 되었으며 귀청을 울리던 방망이 소리도 그쳤다.

새로운 생명수가 내 핏속에 넘쳐흐르는 것 같았다.

이제는 살든 죽든 아무래도 괜찮았다. 먹느냐 먹지 않느냐는 전혀 문제가 되지 않았다.

손가락 하나 까딱할 힘도 없었지만 나는 음식을 주는 대로 받아 먹었다.

해골바가지처럼 삐쩍 마르고 퀭하긴 했어도 점차 조금씩 힘이 쌓였다.

언젠가 당신의 친절에 보답할 날이 있을 겁니다. 번역 일을 해서 돈을 갚을게요.

그러시오. 빨리 여기서 나가시오!

그가 원한 것은 나를 내쫓는 것뿐이었고 나는 곧 다른 하숙집으로 옮겨야 했다.

멍멍!

내 책과 옷가지는 저당 잡힌 지 오래였고 가진 것이라곤 몸뚱이뿐이었다.

어느 날 누군가가 20원을 봉투에 넣어 보냈다.

지금 생각해보니 한씨가 보낸 것 같다.

누가 보냈든 상관하지 않았다. 이 돈으로
몇 주일 동안은 넉넉히 먹을 수 있었다.

나는 다시는 자살하지 않겠다고 결심했다.

아무런 고통도 받지 않고 죽는다는 것은
아주 쉬운 일이었다. 다른 사람이 죽여주면
더욱 좋았겠지. 언젠가는 그런 날이…

만일 몸이 건강하기만 하다면 먹고 굶는
것은 하늘에 맡기고 한 10년 동안 방랑 시인
이 되어 세상을 유랑하겠다고 생각했다.

나는 열한 살 때부터 세계를 변화시키려고
분명하게 뛰어다녔다.

하지만 이제는 세계가 나를 변화시키고
있었다.

너무나 진리에 가까운 질문을 한다는 것은 위험하다. 그런 질문은 사람을 미치게 만들어버릴 것이다.

자신에게 진리라고 생각되는 것을 다른 사람에게 강요하는 것은 위험하다.

자기가 틀렸을지도 모르는 일이다.

다른 사람들이 자기 나름의 신념과 오류를 지닌 채 행복하게 죽어가도록 내버려두어라.

자기가 원하는 문제에 대해 자기 나름의 해답을 찾도록 내버려두어라.

나는 점차 정상으로 회복되었다.

전 재산 20원에서 떼어낸 돈으로 시집을 한 권 샀다.

그리고 이따금씩 시를 써서 신문사나 잡지사에 보냈다.

그중 몇 편은 채택되었고 나는 이런 방법으로 몇 원을 벌었다.

왜 당에서는 아무도 나를 보러오지 않을까?

똑똑!

그러던 어느 날 한 명의 젊은 여성 동지가 찾아왔다.

저기… 안녕하세요!

!

어느 곳에서나 연락이 끊어지고 다른 사람들이 어찌 되었는지 모르겠어요.

혹시 당이 깨어진 게 아닐까요?

이 아가씨는 매우 친절했는데 종종 과일과 책을 싸들고 나를 보러 왔다.

저기… 이거 좀 드세요.

그녀의 연인은 재작년에 처형되어서 불행한 처지였다.

사실 제 연인이…

이 사실 때문에 그녀는 나를 보살펴주는 데 특별한 관심을 가졌다.

이거 좀 드세요.

나는 언제나 그녀의 헌신을 받는 것 같았다.

……

나는 불행한 사람들을 좋아한다. 나는 그들을 이해한다.

고통은 성격을 창조하고 인간적인 감정을 만들어낸다.

네. 호호!

내가 즐겨 읽는 괴테, 테니슨, 키츠의 저서를 빌려다 주겠어요?

1932년 초 나는 바오딩푸에 있는 유명한 제2사범학교의 학생 단체로부터 강의를 해달라는 초청을 받았다.

강의?

나는 강의를 하면서 당의 대표로써 학생 운동 조직을 도와주기 위해 바오딩푸로 갔다.

대중의 소리에 귀 기울여야 합니다.

5월 어느 날 30명의 중국 경찰이 학교를 둘러싸고 나를 체포하러 일본 경찰 한 놈을 데려왔다.

거기에 숨어 있는 거 다 안다. 나와라!

그놈은 다른 이름을 사용하고 있는 조선인이다. 우리에게 인도해라!

학생들은 내가 체포되지 않도록 교문을 닫아 걸어버렸다.

그런 이름을 가진 사람도 없고 조선 사람도 없소! 난 교장이오!

학생들이 나를 병원으로 데리고 가서 아무도 들어오지 못하게 하고 보호해주었다.

음. 알겠소. 그 조선인을 보게되면 신고하시오.

휴~ 감사합니다!

안 되겠소. 우리가 내일 다른 소학교에 새 직장을 알아봐주겠소.

다음 날 내가 떠날 때 많은 학생들이 울었다. 나는 그들과 좋은 친구가 되어 있었던 것이다.

엉엉~ 잘 가십시오!

소학교의 학생은 50명이었고 이들 모두가 16세에서 27세 사이의 농촌 청년들로 나는 그들에게 큰 희망을 품고 있었다.

나는 이 지방 농민들 사이에서 활동하며 300명의 농민을 조직했다.

그 즈음에 당 위원회에서 나를 찾아왔다.

많은 농민들을 조직하다니 대단하오!

당 위원회는 무장봉기를 일으키려고 했다.

여기 지방 민단의 80명의 병사를 지휘하는 사람이 대혁명 시대의 동지요. 정세가 유리해요.

그리고 마침 톈진에서 200자루의 권총이 들어왔소!

학생들이 총을 잡고 우리와 함께 싸우길 바랍니다!

!

나는 이 행동에 반대했고 이 계획은 중지되었다.

안 됩니다! 우리의 장래 가능성이 모조리 깨어져 버릴 겁니다.

그러나 8월에 다시 무장봉기를 요구했다.

여기에 반대하는 자는 누구를 막론하고 비겁자이며 반혁명분자다! 현재 무장투쟁만이 토지 문제를 해결할 수 있다.

당은 내 의견에 동의하지 않았고 나는 봉기에 가담하지는 않았지만 봉기를 조직하는 것을 도와주기로 했다.

당의 명령이오!

……

봉기가 일어나고 마을이 점령되었지만 어떤 대중운동도 동원할 수 없었고 이틀이 지나도록 행동이 확대되질 않았다.

장쉐량 군이 마을을 포위하자 혁명정권은 성안에서의 통제력을 잃어버렸다.

농민들은 흩어져버렸고. 혁명위원회와 그에 동조하는 민단은 소학교를 포위하고 학생들을 모조리 인질로 잡아 학부모들에게 어린이들의 몸값을 요구했다.

엉엉 어머니…

이것은 총을 사기 위한 것이었다. 하지만 그것은 중대한 오류였다.

돈 있는 학동들은 석방되었지만 가난한 애들은 그네 부모들이 우리 편이었는데도 인질로 남아 있었다.

백군이 마을을 포위하고 있어 아무도 빠져나갈 수가 없었다. 어떤 사람들은 학동들과 함께 학교 안에 숨으려고 했다.

놈들이 포위하고 있어. 어쩌지?

학부모들이 백군 병사들에게 애원했다.

제발, 우리 아이들을
쏘지 말아 주세요. 흑흑

좋다! 아이들은
밖으로 나와라. 교문을 열어라!

그런데 몇몇 혁명가들과 민단 병사가 어린이
들한테 묻혀서 빠져나가려 했다.

그러자 백군이 발포해 몇 명의 어린이와
우리 편 30명이 죽었다.

투타탕

모든 것이 끝나버렸다.

아아아…

계엄령이 선포되고 앞으로는 대중운동이나
당 활동이 더 이상 활동이 불가능하게 되었고
아무런 성과도 없었다.

내가 이룩해놓았던 것이 깡그리 무너져
버렸고, 내가 손수 훈련시켰던 청년 농민들의
죽음으로 나는 마음에 큰 상처를 입었다.

베이징 당은 주위의 노동자들이 파업을 일으켜
가오양으로 구원하러 가기를 바랐지만,
아무도 일어나지 않았다.

나는 처음부터 이 정책에 찬성하지 않았다.

매우 위험하고
어리석은 정책입니다!

그들이 나를 이렇게 불렀다!

당신은 우파이다!

당내 다른 인사들과 함께 노동자·농민·지식인
모두를 위한 공개적인 민주투쟁으로 바꿀
필요가 있다는 의견서를 당에 제출했다.

낮은 단계의 슬로건에서 시작
해 점차 높은 단계의 슬로건
으로 나아가야 합니다!

그랬더니 위원회는 우리를 비난했다!

너희들은 트로츠키주의자다! 국민당 쪽이야!

처음에는 리리산주의자라 불렸으며

그다음에는 우파, 그리고 이번에는 트로츠키주의*자라 불린 것이다.

그런 경멸적인 이름을 붙이는 것을 멈추시오!

그리고 이제 마지막으로 조선놈이라고 부를 일만 남아 있었다.

조선…

그것으로 만사가 끝날 것이다.

당의 지도자들이 하나둘씩 체포됨과 동시에 국민당 쪽으로 넘어갔다.

사람들마다 서로 다른 사람을 불신했고. 얼마 안 되어 활동이 사실상 정지되었다.

* **트로츠키주의**: 공산당 주류의 방침에 반대하고 독자적인 운동을 전개하는 극좌의 전위적인 사상을 말한다. 여기서는 스파이를 의미한다.

나는 이런 사태를 예견하고 있었다.

관료주의라는 무거운 기구는 거의 국민당
만큼이나 제대로 움직이지 않았다.

우리는 홍군 운동에 희망을 걸었다.

장제스는 백만이라는 군대를 동원해
소비에트 지역을 봉쇄했고 홍군은 살아남기
위해서 힘겹게 싸우고 있었다.

그리고 홍군은 북으로 장정을 시작했다.

1933년 4월26일 아침 다섯 시.

쾅 쾅 쾅

내가 미처 잠에서 깨나기도 전에 형사 몇 명이 강제로 문을 열었다.

잡아!!

우당탕~

누… 누구요?

몇 분 후 사복 차림의 남의사* 대원들이 도착했다.

이자가 맞나?

그의 옆에는 이 지방 공산당위원회 위원이었던 창원슝과 또 한 명의 공산주의자가 있었다.

네. 맞습니다!

이후 놈들은 나를 잡아가지 않고 여덟 시까지 기다렸다.

기다려! 이놈을 찾아오는 사람을 잡자!

그리고 잠시 후 귀에 익은 노크 소리가 들렸다.

아. 안 돼!

똑 똑 똑

* **남의사:** 藍衣社. 중국국민당 산하 비밀 정보기관.

나는 아무런 두려움도 없었다.

무슨 일이 일어나건 내 마음의 평정을 흐트러지게 못할 것이라는 확신이 들었다.

흰 새 두 마리가 두터운 구름 속으로 날아가네.

저 아래 세상이 달걀만 하게 보이네. 그 자유롭던 날개가 지금은 우리 속에 갇혔구나~

태양이 떠오르기를 기다리지 말지어다—

형사 한 명이 싱긋 웃었다.

짝

당신 노래가 마음에 드는군. 허허

짝 짝짝

어젯밤에 우리는 30명을 체포했소. 하지만 두려워하지 않는 사람은 당신 한 사람뿐이오.

당신은 진짜배기 공산주의자가 틀림없소!

짝

짝 짝

후후

결국 혁명가의 생애에서 자유는 짧고 감옥살이는 길다.

경찰 본부에 도착하자 남의사 요원은 나와 배반한 당원 두 명을 한방에 집어넣었다.

너도 저들처럼 다른 당원을 두 명 이상 체포할 수 있도록 안내를 하면 석방을 보장해주겠다!

아, 그 전에 당 활동을 그만두겠다고 공개적으로 서약해야만 한다!

전향 성명은 당원들이 다시는 당 활동을 할 수 없도록 만들기 위한 것으로 대개 신문 지상에 발표되었다.

그렇게 해버리면 다른 모든 당원들이 그들을 믿지 않을 것이기 때문이다.

당신이 다른 25명과 연서로 당에 보낸 의견서를 이미 읽었소. 당이 거기에 동의하리라 생각했소?

나는 당에 의견서를 보낸 일이 절대로 없소. 나는 생활비를 벌기 위해 학교에서 선생질을 하고 있을 따름이오.

중국 문제에 대해 당신 의견은 어떻소?

잘 모르겠소. 나는 오직 조선에 대한 활동만 하고 있을 뿐이오.

정치 활동을 하기 위해서는 자유를 갖지 않으면 안 되오. 옥에 갇혀서는 아무것도 할 수가 없소. 처형당하거나 영원히 갇혀 있게 될 것이오.

그것은 내가 남의사와 국민당에 가담해야 한다는 것을 의미했다.

내가 구금되어 있던 4월 26일에서 6월 15일 사이에 약 50명의 공산당원이 감옥에 들어왔다.

거기에서 거의 40명이 전향하고 배반했다.

감옥에서 나가는 자들은 자기에게 배당된 두 명의 동지를 판 배반자였으며

동지 두 명이 체포될 때까지 경찰이 따라다녔다.

이 모든 배반을 직접 목격하고 나는 마음에 상처를 받았으며 병세도 또다시 악화되었다.

쿨럭 쿨럭!

인간 생활의 특징에는 아름답고 장렬한 것이 없구나.

나는 절대로 친구나 개인적인 적을 배반하지 않으리라. 내 적을 내 손으로 죽일지언정 다른 사람에게 밀고함으로써 파멸시키는 짓을 절대로 하지 않으리라.

하하하—

우린 이제 자유야.

법정에 나가보니 전향한 자들이 모조리 시정부로 가기 위해 이발을 하고 깨끗한 옷을 입고 있는 것이 눈에 띄었다.

창원승이 내 곁으로 다가왔다.

자! 이것이 마지막 기회요!

시정부에 가서 전향 선언을 하기만 하면 당신도 역시 자유를 얻을 것이오!

신문기자들이 당신 사진을 찍고 당신의 훌륭한 전향 연설을 기록할 것이오! 그러면 당신은 자유로운 사람이 될 수 있소!

나는 신문기자들에게 말할 게 하나도 없소. 내가 가야 할 아무런 이유도 없다고 생각하오!

당신을 구해주고 싶소.

나는 당신에게 구원 받지 않은 것을 큰 다행으로 생각하오.

당신 부인은 석방될 것이오!

하지만 당신은 죄수가 될 것이오. 그러면 부인은 다른 사내한테 가 버리고 말 거요.

그녀는 내 처가 아니오! 절대 아니오!

감방 안에 돌아와 보니 겨우 여섯 명만이 남아 있었다. 넷은 어린 학생들이었다.

그녀의 부모가 찾아왔고, 부모는 그녀를 석방시키기 위해 많은 돈을 썼다.

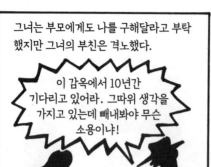

그녀는 부모에게도 나를 구해달라고 부탁했지만 그녀의 부친은 격노했다.

이 감옥에서 10년간 기다리고 있어라. 그따위 생각을 가지고 있는데 빼내봐야 무슨 소용이냐!

결국 그녀는 자신의 석방만을 받아들이지 않으면 안 되었다.

흑흑흑—

어디로 가는 걸까?

아마 처형하기 위해 제3헌병대 사령부로 이송하는 것이 아닐까?

차가 섰을 때 전면에 눈에 익은 일본 대사관이 보였다.

아!

일본 관리 중 한 명이 나를 알아봤다.

아이고 바짝 늙었네! 3년만 지나면 전혀 딴 사람이 되겠군!

오랜만이야.

자, 이 신문을 봐라! 당신은 다른 사람들처럼 전향을 하지 않았어!

중국 공산당원은 다른 중국인들보다는 용감한 사람들이야. 하지만 그자들도 역시 중국인이야.

중국인들은 비가오면 모여들고 비가 그치면 다시 흩어져버리지. 그 비란 바로 돈이야. 공산당원들도 돈을 좋아하지.

난징 정부가 돈을 많이 뿌리기만 한다면 공산당 간부들도 다른 자들과 조금도 다름 없이 모두가 배신하고 말 거야. 하하

그러니까! 정신차려!! 앙

퍽!

악!

나는 공산당원이 아니오!

좌익 작가연맹의 회원이 되었지?

직... 직장을 얻기 위해서였소.

좌익 작가연맹의 강령을 알고 있는가?

그렇소.

말해 봐!

제국주의 반대. 난징 정부 타도. 홍군 옹호! 세 가지 목표가 있소.

일본 제국주의 반대란 슬로건은 없었나?

그 연맹은 문화단체이지 정치적인 집단이 아니오.

이 자식! 모두가 거짓말뿐이야. 진실이라고는 조금도 없어. 중국에는 정치적 목적이 아닌 다른 목적의 문화단체는 없어!

그만! 내 사건을 결정해라! 너 같은 놈에게는 더 이상 대답하지 않겠다!

쳇!

컥컥컥

운이 좋군. 나는 지금 당신의 석방 지휘서에 서명한다. 앞으로 중국으로 돌아가서는 안 된다. 조선을 떠나는 것을 금지한다.

허허허

쿨럭쿨럭!

1월이 되자 나는 다시 중국으로 떠났다.

내가 감옥에서 나왔다는 것을 알자마자 나 때문에 체포되었던 그녀가 나를 찾아왔다.

우리는 감옥에서 일어났던 일들과 사사로운 일들에 대해 이야기를 했다.

괜찮소?

네 괜찮아요…

부모님께서 당신에 관해 물어보시더군요. 우리 관계가 어떤 것인지 알고 싶다는 거예요.

정말 미안하군요. 우리는 좋은 친구 사이였을 뿐 그 이상 아무 관계도 아니라는 것을 당신 부모님께 설명드리지요…

하지만… 나는 그런… 사실을 부모님께 알리고 싶지 않아요… 당신이 내 남편이라고 말했거든요…

!

그랬더니 아버지는 단단히 화가나셔서 나를 가만두지 않겠다고 하셨어요. 지금 아버지는 제게 말을 걸려고도 하지 않으세요.

아… 왜… 왜 그랬어요?
무엇 때문에 부모님께 그런 거짓말을
하신 겁니까?

당신을… 당신을 좋아해서요…
당… 당신과 결혼하고 싶어요…

당신이 나와 결혼하고 싶지 않으시다면
당신의 부인처럼 돌봐드리겠어요.
언젠가는 당신이 나를 좋아할 수도 있겠죠.
당신을 행복하게 만들고… 또…

당신은 지금 병이 깊어 다른 일은 생각할
겨를이 없을 거예요. 저는 당신 곁에 있는
것만으로도 행복해질 거예요.

나는 그녀에게 아무것도 해줄 게 없었다.

그대와 나는
행복하지 못할 것이오.

흑흑—

아리랑

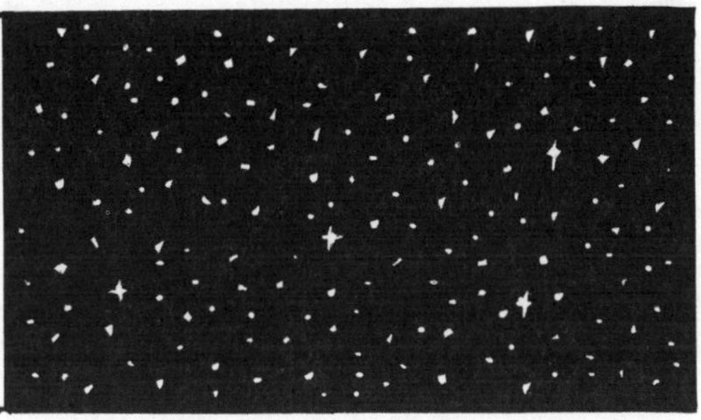

연산

우리는 결혼을 했고. 생계를 위해 글을 쓰고 번역 일을 해서 돈을 벌었지요.

얼마 전 제 아이가 태어났다는 소식을 접했어요. 저에게 자식이 생기다니 믿기지가 않더군요. 허허.

아이가 많이 보고 싶으시겠군요. 호호.

네. 허허허—

그러나 일본과의 전쟁이 시작된 이래 처와 자식이 어떻게 되었는지…

1927년 이후 중국에 거주하는 우리 조선인 사이에는 중국공산당만이 있을 뿐 조선 공산주의자의 별개 조직은 하나도 없었어요.

조선혁명가·민족주의자·무정부주의자를 포함해 그 밖의 중국에 거주하고 있는 조선인으로서 연락이 닿는 사람과는 모조리 상의를 했지요.

이제 우리 당원들을 독자적인 조선인 조직으로 다시 묶어서 민족전선을 만들기로 의견을 모았어요.

우리 공산주의자들을 비판해왔던 민족 주의자들은 쌍수를 들고 환영했지요.

우리는 더는 물속에 녹아 있는 소금처럼 우리 자신을 잃어버릴 처지가 못 된다! 하나의 세력으로 중국에 가세해야만 한다.

1935년 8월1일 중국공산당과 홍군, 중화소비에트 정부는 국민당과의 항일 연합전선을 제창하는 선언을 발표했지요.

그래서 우리는 상하이에서 조선민족해방 동맹을 창설해 우리 자신의 민족전선을 결성했습니다.

작년 8월에 나는 조선민족해방동맹과 조선공산당에 의해 서북에 있는 중화소비에트 지구에 대표로 파견되어 이곳에 오게 된 것이지요.

봉쇄된 이곳에 오기까지 숙소도 없고 식량도 없이 험한 산길을 숨어서 걸어야만 했죠. 그리고 중병이 들어…

여기에 도착하자마자 쓰러져서 두 달 동안이나 침상에서 일어나지 못했지요.

당신 이야기를 들으니 내가 알지 못했던 조선의 삶을 알 수 있었던 것 같아요.

내 전 생애는 실패의 연속이었어요!

우리나라의 역사도 실패의 역사였지요!

나는 단 하나에 대해서만, 나 자신에 대하여 승리했을 뿐이오.

그렇지만 계속 전진할 수 있다는 자신감을 얻는 데는 이 작은 승리만으로도 충분해요.

다행스럽게도 내가 경험했던 비극과 실패는 나를 파멸시킨 것이 아니라 강하게 만들어주었어요.

나에게는 거의 환상이라는 것이 남아 있지 않아요.

그렇지만 나는 사람에 대한 신뢰와 역사를 창조하는 인간의 능력에 대한 신뢰를 잃지 않았지요.

중요한 것은 단 하나뿐 민중과의 계급 관계를 유지하는 것을 배웠어요.

왜냐하면 민중의 의지는 역사의 의지이기 때문이지요. 이것은 쉬운 일이 아니에요.

민중은 깊고 어두우며 행동에 들어가기 전까지는 단 한 마디도 말을 하지 않기 때문이에요.

소곤거리는 소리와 침묵의 웅변에 귀를 기울여야 하는데…

개개인과 집단들은 큰소리로 고함을 지르고 그 때문에 혼란에 빠지기 쉽지요.

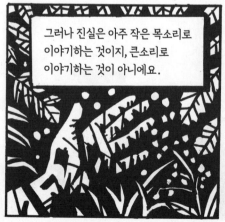

그러나 진실은 아주 작은 목소리로 이야기하는 것이지, 큰소리로 이야기하는 것이 아니에요.

민중들이 이 작은 목소리를 들었을 때 그들은 손에 총을 잡습니다.

마을 노파 한 사람의 긴박한 속삭임만으로도 충분하지요.

진정한 지도력은 날카로운 귀와─신중한 입을 필요로 합니다. 민중의 의지에 따르는 것만이 승리로 인도하는 유일한 길이에요.

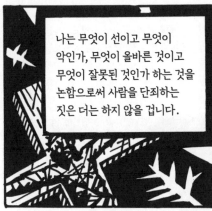

나는 무엇이 선이고 무엇이 악인가, 무엇이 올바른 것이고 무엇이 잘못된 것인가 하는 것을 논함으로써 사람을 단죄하는 짓은 더는 하지 않을 겁니다.

내가 묻는 것은 무엇이 가치 있는 것이고 무엇이 낭비인가. 무엇이 필요하고 무엇이 쓸데없는 것인가 하는 것이지요.

다년간 마음의 고통과 눈물을 통해 오류가 필수적이며 따라서 선이라는 것을 배웠어요.

비극은 인생의 한 부분이지요. 억압을 딛고 일어서는 것은 한 인간의 영광이요, 굴복하는 것은 인간의 수치입니다.

내게는 수백만의 사람들이 제국주의 전쟁 속에서 자신들의 생명을 맹목적으로 포기하는 모습을 보는 것이 비극이지요. 그것은 낭비인 거예요.

사람들이 서로를 억누르는 데 이용당하고 있는 것을 보는 것이 내게는 비극이지요. 그것은 어리석음이에요.

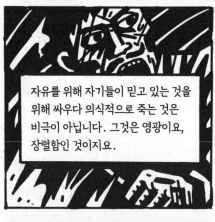

자유를 위해 자기들이 믿고 있는 것을 위해 싸우다 의식적으로 죽는 것은 비극이 아닙니다. 그것은 영광이요, 장렬함인 것이지요.

죽음은 선도 아니고 악도 아니고, 또한 죽음은 무익한 것도 꼭 필요한 것도 아니며, 스스로 믿고 있는 하나의 목적을 위해 자발적으로 싸우다 죽는 것은 행복한 죽음이지요.

내 청년 시절의 친구나 동지들은 거의 모두가 죽었어요. 민족주의자·기독교 신자·무정부주의자, 테러리스트·공산주의자 등등 수백 명에 이르지요.

그러나 내게는 그들이 지금도 살아 있어요.

그들의 무덤을 어디로 정해야 하는지 따위는 전혀 마음에 두지 않습니다.

전장에서… 사형장에서…

도시와 마을의 거리거리에서

그들의 뜨거운 혁명적 선혈은…

조선, 만주, 시베리아, 일본, 중국의 대지 속으로

자연스럽게 흘러갔습니다.

그들은 눈앞의 승리를 보는 데는 실패했지만, 역사는 그들을 승리자로 만듭니다.

한 사람의 이름이나 짧은 꿈은 그 뼈와 함께 묻힐지도 모르지요.

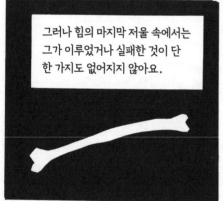

그러나 힘의 마지막 저울 속에서는 그가 이루었거나 실패한 것이 단 한 가지도 없어지지 않아요.

그는 역사이기 때문이지요.

그 무엇도 사람이 역사라고 하는 운동 속에서 접하는 자리를 빼앗을 수 없지요.

그 무엇도 사람을 빠져나가게 할 수 없어요.

아, 장명 씨!

2년 뒤에 당신의 책이 나온다면 저자 이름을 무엇이라고 할까요? 본명을 쓰면 안 될 테고…

글쎄요…

제가 조선에 처음 갔던 곳이 금강산인데 그 산 이름을 따서 "김산"이라고 할까요?

김산… 김산! 그 이름이 좋겠군요. 허허

마음에 드는 이름이네요…

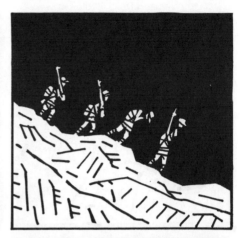

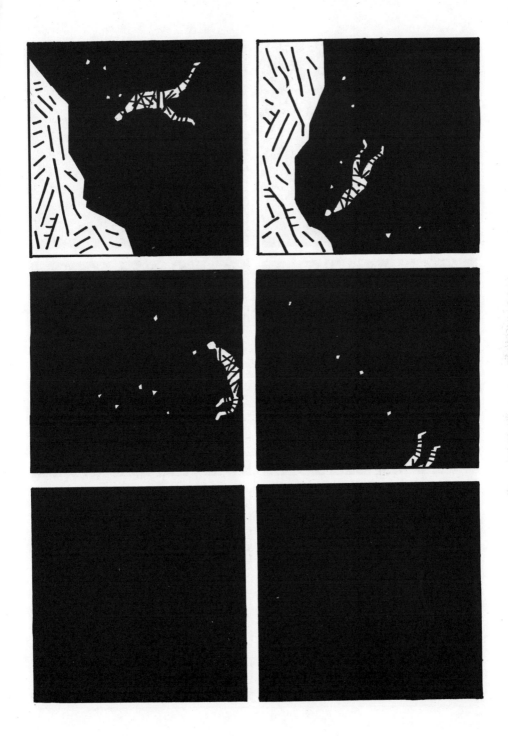

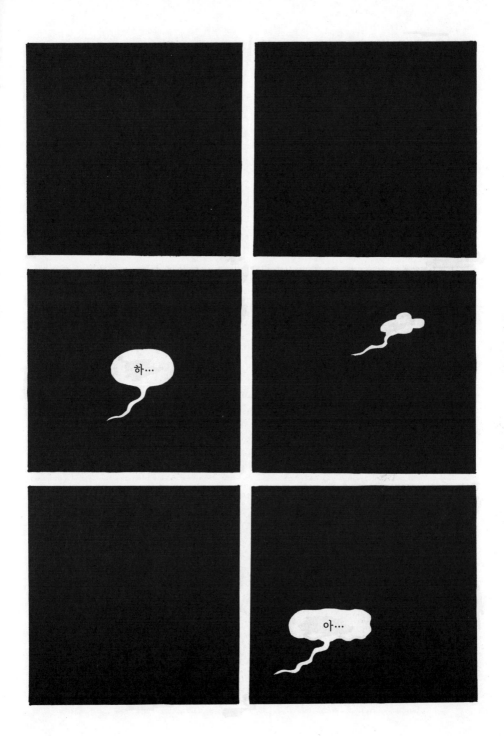

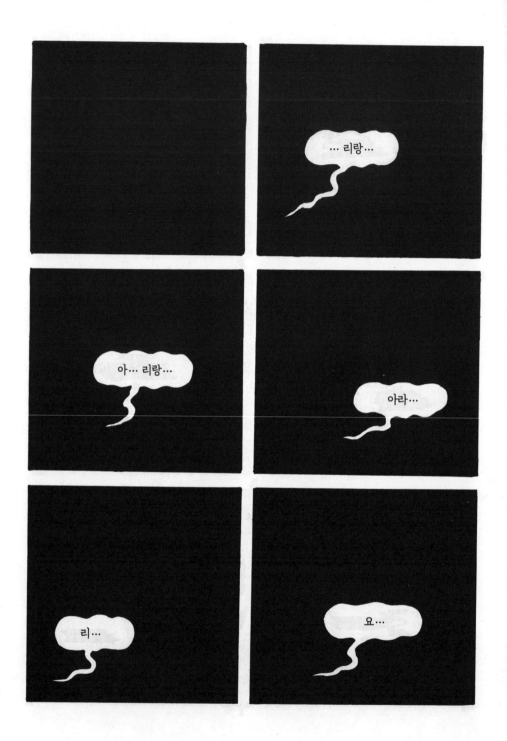

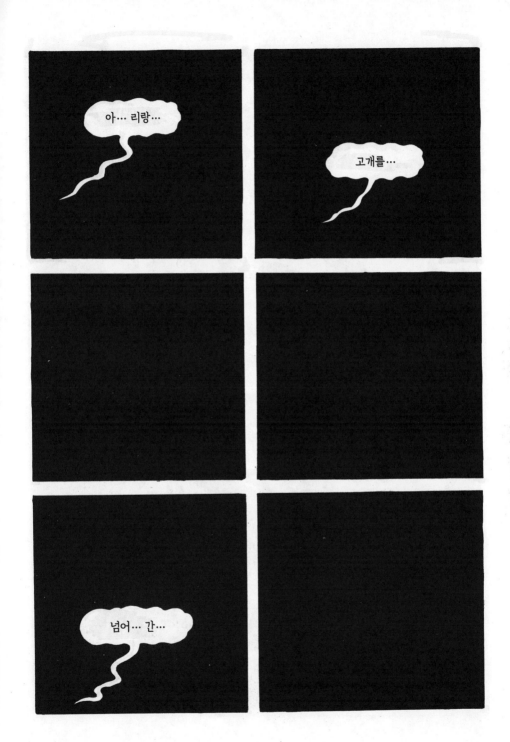

아
리
랑

아리랑 아리랑 아라리요
아리랑 고개를 넘어간다.
아리랑 고개는 열두 구비
마지막 고개를 넘어간다.

청천 하늘에 별도 많고
우리네 가슴엔 수심도 많다.
아리랑 아리랑 아라리요
아리랑 고개를 넘어간다.

아리랑 고개는 탄식의 고개
한번 가면 다시는 못 오는 고개.
아리랑 아리랑 아라리요
아리랑 고개를 넘어간다.

이천만 동포야 어데 있느냐
삼천리 강산만 살아 있네.
아리랑 아리랑 아라리요
아리랑 고개를 넘어간다.

지금은 압록강 건너는 유랑객이요
삼천리 강산도 잃었구나.
아리랑 아리랑 아라리요
아리랑 고개를 넘어간다.

1938년 김산은 그토록 원했던 조국의 해방을 끝내 보지 못하고
트로츠키주의자와 일본 스파이라는 혐의를 받고 처형당했다.

님 웨일즈는 그와의 약속대로 2년 후
<아리랑의 노래>라는 제목으로 책을 출간했다.

김산의 동지이자 스승이었던 김충창(김성숙)은 대한민국 임시정부로 들어가 국무위원을 맡았고
1969년 병고에 시달리면서도 병원 한 번 못 가는 가난 속에서 숨을 거두었다.

그와 절친한 친구였던 오성륜은 만주에서 활동 중 일본 관동군에 체포되어
친일로 변절해 그동안의 투쟁을 물거품으로 만들었다.
해방 후 그는 옛 동지들에 붙잡혀 뭉둥이로 맞아 숨을 거두었다.

김산이 스스로 첫사랑이라고 말한 삼원보 목사의 딸 미삼은 경신 참변 당시
가까스로 살아남았고 광복 후 서울에 와서 살았다고 한다.

김산의 아들 고영광은 아버지의 사형이 부당하다는
탄원서를 당에 제출했다.

김산이 숙청된 지 50년이 지난 1983년,
중국공산당은 김산(장지락)의 처형이 잘못되었다는 것을 공식적으로 인정했고
그의 명예는 회복되었다.

2005년 대한민국 정부는 김산에게
독립운동가 서훈을 추서했다.

다시 아리랑을 넘어가며

김산의 《아리랑》을 알게된 건 1992년 대학 시절이었다. 동아리 모임에서 추천받은 《아리랑》을 구하기 위해 학교 앞 졸업한 선배가 운영하는 작은 책방에 가서 물었던 기억이 난다. '아리랑'이라는 책이 있느냐고 하니, 선배가 웃으면서 계산대 아래 음침한 여닫이 서랍에서 그 책을 조심히 꺼내주었다. 엄연히 출판이 허가된 책인데도 불구하고 왜 그랬는지는 모르겠다. 그때는 그런 일도 당연한 시대였다. 마치 책 속에 불온한 기운이 현실에서도 일어나는 것 같은 기분, 그렇게 유난히 뜨거웠던 여름날 실기실 옥상에서 이 책을 읽게 되었고 책 읽기를 싫어했던 나도 순식간에 읽어 내려갔다. 첫 번째로 느낀 심경은 아마도 충격이었던 것 같다. 일반적으로 알고 있던 역사가, 뒤틀리다 못해 파도처럼 밀려오는 느낌이었다. 나는 이런 역사를 그동안 왜 알지 못했던 것일까? 《아리랑》은 나에게 역사적 사건들에 대한 새로운 시각을 갖게 해준 소중한 책으로 기억된다.

그 후, 5년 뒤 군대를 제대하고 오래된 짐들을 정리하다가 우연히 그 책을 다시 발견했다. 전에 읽었었고 학생회실까지 침탈하는 경찰들에게 걸리면 안 좋다고 하여 몇 번이고 박스에 담아 이리저리 숨겨온 아끼는 책이었는데도 불구하고, 읽었던 내용들이 하나도 기억이 안 나는 것이 아닌가.

군대에서 머리가 단단히 굳었나 보다 싶어 다시 천천히 읽어 내려가기 시작했다. 그런데 뜻밖에도 예전에 읽었던 《아리랑》과는 전혀 다른 책으로 다가왔다. 전에 읽은 《아리랑》이 역사적 사건 속 인간의 고통과 시련의 이야기였다면 이번에는 김산이라는 사람의 이야기가 꾸미지 않은 날것 그대로의 모습으로 나에게 다가왔다.

흔히 독립운동가나 혁명가라고 하면 피 한 방울 날 것 같지 않은, 연애나 사랑 같은 것은 그저 사치일 뿐이고 오로지 조국의 혁명과 독립을 위해 한목숨 바치는 삶의 방식을 고수한다고 알고 있었다. 학생운동 시절에서도 마찬가지였다. 연애나 사랑은 그저 배부른 자들의 여유로만 생각했다. 그러나 《아리랑》에 나오는 혁명가들은 그들도 그저 우리와 다를 바 없는 평범한 이들이며 자신의 삶을 사랑하는 청년들이었던 것이다.

김산이 결코 결혼하지 않을 것이라고 다짐을 하지만, 결국 한 여인을 만나 사랑하게 되는 과정은 그 자신의 의지가 꺾였다고 해서 나약하게 보이지는 않았고 오히려 혁명가도 결국 한 인간임을 보여주는 것이었다. 나는 그 부분이 가장 인상 깊었고 마음에 와 닿았다. 그래서 원작을 각색하는 과정에서도 역사적 배경은 최소화하고 인물의 심리와 관계에 초점을 맞추어 작업했다.

만화가로 활동하던 중에도 틈틈이 읽었던 《아리랑》은 언젠가는 꼭 작업해보고 싶은 목록 중 하나였다. 그렇게 마음속 창고에 담아두었던 《아리랑》은 2019년 성남문화재단의 독립운동가 웹툰 프로젝트로 인해 시작할 수 있었다. 그해 봄에는 중국 답사를 다녀왔다. 기획단의 배려로 《아리랑》의 주 무대인 광둥 지역에 찾아가 황푸군관학교, 중산대학 등 김산의 흔적이 있는 길을 따라 걸었다. 김산이 끝없이 이어진 산과 밀림을 헤맸던 곳을 차를 타고 지나가 보니 왜 그런 이야기를 했는지 고개가 끄덕여졌다. 머릿속 배경이 오감으로 완성되는 기분이 들었다.

《아리랑》에서도 나오는 낯선 땅에서 조국의 해방을 위해 이름 없이 죽어간 조선인 200명을 추모하는 광저우의 기의열사능원에서는 동행했던 한 교수님께서 뜨거운 눈물을 흘리셨다. 만약 김산이 님 웨일즈를 만나지 못했거나 님 웨일즈가 《아리랑》을 책으로 출간하지 못했다면, 우리가 어떻게 김산을 알았을까. 우리들이 미처 알지 못한 채 사라졌을 이야기들을 그린다는 것은 만화, 그 이상의 의미를 생각하게 했다.

예술이 보이지 않는 것을 보이게 만드는 힘이 있듯이 이 만화를 통해 100년 전 중국에서 사라지고 잊혀져간 우리 동포들의 뜨거운 삶이 오래 기억되길 기원한다. 이 책이 출간되기까지 아낌없는 지원을 해주신 성남문화재단 여러분들과 단행본으로 출간할 수 있는 귀한 기회를 주신 동녘출판사에게 깊은 감사를 드린다.

2020년 7월, 박건웅